Tracce

MARCO BERTI

La montagna non ride e non piange

Prefazione di
Alessandro Gogna

Postfazione di
Giuseppe Saglio

SOLFERINO

SOLFERINO

www.solferinolibri.it

ISBN 978-88-282-1341-3
Prima edizione: gennaio 2024

La montagna non ride e non piange

Indice

Ai miei amici
tutti e pochi
Jacopus e Gerottin tra quei pochi
con i quali ho condiviso
il piacere dello scalare
il cammino sui sentieri più facili
le emozioni e i sogni.

Devo liberarmi del tempo
e vivere il presente
giacché non esiste altro tempo
che questo meraviglioso istante.
Alda Merini

Prefazione

di Alessandro Gogna

Ci sono tanti alpinismi quanti sono gli alpinisti e ci sono tanti modi di raccontare le proprie esperienze quanti sono coloro che le hanno vissute. Per questo, dopo una vita dedicata alla montagna e alle sue letture, sono ancora qui a spiare se c'è qualcuno che «sente» come me, se c'è qualcuno che con i suoi racconti mi fa sognare tutto ciò che mi è sfuggito oppure ho appena intravvisto. Qualcuno che non si loda, che indica senza insegnare, qualcuno che non fa come Narciso innamorato della sua immagine, qualcuno che non è divorato dall'invidia, qualcuno che, «in là con gli anni», non viva «i giovani come un nemico, senza capire che loro sono l'entusiasmante oggi del nostro ieri».

Ebbene, ogni tanto questa mia ricerca è premiata. Marco definisce l'alpinismo «esercizio fisico e strumento per un percorso introspettivo che, con obbligata sincerità e trasparenza, ti porta nel più profondo dell'intimo».

Poi chiarisce la montagna in quattro righe indimenticabili: «edificio naturale composto da roccia, neve e ghiaccio, prati e fiori. Spazio senza vita, che per una certa retorica illusione riceve anima e voce. Un luogo che non decide se essere seducente o assassino, perché non ha pulsioni, non può averle». E aggiunge: «La montagna non ride e non piange», «perché ha il pregio di non essere umana».

È vero, non c'è nulla di umano nell'essenza

della montagna. Siamo noi che le attribuiamo continuamente qualità, compiendo un'operazione a senso unico che, però, nella sua insensatezza, spiega il motivo per cui non ne possiamo fare a meno.

Andare in montagna è specchiarsi in una meravigliosa superficie riflettente che tuttavia non ci rimanda, come fa con Narciso, la nostra immagine: ci mostra, con maggiore o minore chiarezza e immediatezza, quanto abbiamo dentro e che dunque non vediamo. Uno specchio assai strano, affascinante, promette di farti conoscere e mantiene la promessa, specie se vai a pericolare su qualche parete ripida.

Per riconoscere le immagini che la montagna ci restituisce occorre, però, un certo allenamento. Non è una lingua che s'impara subito: la conoscevamo da piccoli, ma l'abbiamo dimenticata, ce lo spiega bene Marco nel capitolo in cui racconta di vedere giocare i bambini con una madre che, tutta presa dal suo smartphone, è tagliata fuori da quel linguaggio.

Leggere Marco è ritrovarsi, riga dopo riga, meditare su quanto si è già visto e su quanto in certo qual modo lui lo abbia rivestito dell'immediatezza del semplice imporsi. Sono momenti che hanno l'andamento di una danza in mezzo a luci stroboscopiche o a flash intermittenti, ma sempre diversi, dove nel tempo musicale e nel controtempo ti aspetti sempre (e trovi) la nota geniale, che ti spiazza, «attendendo il capitolo che segue senza poterlo immaginare».

Ma ogni tanto il lettore s'interrompe perché riconosce perfettamente certi momenti e si dice: ecco, questo l'ho vissuto anch'io, oppure, questo l'ho sentito anch'io.

Mica male, per uno che afferma: «il mio bisogno di scalare una montagna è talmente importante da esserne geloso»!

La trama è molto esile, ma adatta alle sfumature, che sono la parte essenziale. Prima di percorrere in solitaria, e dopo quarant'anni, una via da lui stesso aperta con Gianni, l'amico morto in montagna, l'autore incontra un altro suo amico, Leo, che non vedeva da tanto tempo.

«Che strano trovarti qui» esclama davanti a Leo: modo tutto proprio dell'autore per introdurre quello che sarà un suo vero e proprio viaggio, la solitaria prevista per il giorno dopo, come se il viandante, novello Dante, avesse bisogno di un Virgilio cui fare riferimento.

Marco ci offre il suo aprirsi a Leo non in un unico capitolo, ma lo diluisce nel corso del libro. In un bar, dopo la timidezza iniziale, mentre l'amico ascolta nel baccano prodotto da alcuni cacciatori che vantano platealmente le proprie imprese, affiorano i perché di tanto sensibile allontanamento di due che una volta erano veramente amici.

Scopriamo come Marco abbia seguito «il profondo bisogno di vivere e non sopravvivere» e come Leo invece abbia preso altre strade. Capiremo solo alla fine l'episodio che ha determinato il divaricarsi di due destini: dei quali, quello dell'autore gravato dalla colpa di aver cercato di riempire i propri vuoti. Colpa a rischio di diventare sempre più greve, se ascoltiamo Lady Gaga quando ci chiede: «*Or do you need more?*».

Non potevano mancare, nel racconto, elementi di garbata suspense che sposano l'avventura con il percorso interiore, dove lo specchio della montagna ha più potere riflessivo. L'adrenalina, quando non ricercata, favorisce questo processo.

«La montagna, ancora una volta, nel suo silenzio e nella sua elementare severità, mi aveva accompagnato dove era giusto andare con il mento alto» conclude Marco.

Dunque, assoluzione. Perché desiderare di vivere non costituisce reato. Ma un tribunale che abbia quest'autorità esiste solo dentro a noi stessi, al contempo giudici e accusati (per lo più di egoismo). Volendo figurare a tutti i costi questa corte suprema, potremmo assimilarla alla montagna, che diventa quindi regina della nostra anima.

Alessandro Gogna (Genova, 1946) è alpinista di fama internazionale, scrittore e storico dell'alpinismo, guida alpina e opinion maker, e dal 2013 è ideatore e realizzatore di GognaBlog. Ha al suo attivo cinquecento prime ascensioni sulle Alpi, sugli Appennini e su altre catene montuose. Le principali: Pizzo Badile, parete Nord-Est, via Cassin, prima invernale (1968); Grandes Jorasses, parete Nord, via Cassin, prima solitaria (1968); Grand Capucin, parete Sud-Est, Diretta dei Ragni, prima invernale (1969); Cervino, prima ascensione del Naso di Z'Mutt (1969); Marmolada di Rocca, parete Sud, prima ascensione via diretta

(1970); Pilier d'Angle, per la cresta integrale di Peuterey, prima invernale (1971); Grandes Jorasses, parete Sud, prima ascensione (1972). In ambito extraeuropeo: Annapurna, sperone Nord-Ovest, tentativo, 1973; Lhotse, parete Sud, tentativo, 1975; El Capitan (California), via Salathé, prima ascensione italiana (1978); K2, Sperone degli Abruzzi (1979).

Introduzione

Quello che segue è un racconto pensato per chi le montagne si limita a guardarle dal basso, ammirandole e ponendosi domande sul senso del volerle salire. Spesso le risposte portano a un giudizio negativo.

Il mio vuole essere un descrivere, con l'intenzione di entrare nella complessità di chi sente il bisogno di praticare l'alpinismo, tra la condivisione di avventure e i contrastanti sentimenti che ne sono conseguenza.

Quasi sempre l'alpinismo offre un'esperienza profondamente cercata, da cui può nascere un'inspiegabile seduzione che si insinua in un crogiolo di contraddizioni, di limiti, entusiasmi, momenti di generosità e altrettanti egoismi, gabbie mentali, invidie e ipocrisie. Come scrive Daumal nel suo *Il Monte Analogo*, appaga «... questo bisogno delle altezze che vi prende come un veleno».

Scalare non è una scontata sequenza di appigli, perché la montagna, il campo da gioco, restituisce ciò che l'alpinismo a volte toglie nei suoi innegabili e irrefrenabili elementi agonistici. Umani.

È esercizio fisico e strumento per un percorso introspettivo che, con obbligata sincerità e trasparenza, ti porta nel più profondo dell'intimo, sviscerando i bisogni e riconoscendo le debolezze, anche se quello che gli altri vedono della nostra persona spesso è altro, a volte mascherato da un qualcosa di apparentemente speciale, che speciale non è.

È uno stile di vita tra i tanti, dove ogni scalata, ogni partenza, è un nuovo viaggio, anche esistenziale, dominato da variegate difficoltà, imprevisti e pericoli che ne sono il fascino. E ha un esclusivo perché in ogni singolo appassionato.

Scalare una montagna dovrebbe essere un appagante strumento per godere della vita e non per compiacersi del rischio, esternando platealmente la possibilità di morire per crearsi una ridicola aura da eroe.

E sempre citando Daumal, così antico e così moderno: «... per raggiungerne la cima, si deve andare di rifugio in rifugio. Ma prima di lasciare un rifugio, si ha il dovere di preparare gli esseri che devono venire a occupare il posto che si lascia. E solo dopo averli preparati si può salire più in alto. Per questo, prima di partire per un nuovo rifugio, siamo dovuti ridiscendere per insegnare le nostre prime conoscenze ad altri cercatori».

Purtroppo, negli ultimi quarant'anni si è consolidata la cultura del «ho il diritto di fare quello che voglio», ovunque, anche sulle montagne, che per certi praticanti si è trasformata in un alpinismo che non si può definire tale, perlomeno per come è stato concepito e idealizzato nel suo nascere. Così, i valori insegnati dal salire montagne, e dalle montagne stesse, stanno ai margini, schiacciati da un mondo che implode in una valanga di esteriorità, dalla quale nessuno è esente, trascinati da quel vortice dell'apparire che coinvolge, forse non tutti, ma molti. Personalmente, pur prestando attenzione, non me ne sento completamente immune.

L'alpinista è un essere imperfetto perché umano, anche nell'altruismo. Con quella sua mano tesa, simbolo e vestito che rappresenta ciò che per ogni singolo praticante dovrebbe essere, ma spesso non è.

E poi tutto si conclude in un gratificante ritorno a casa con il viso che frigge, bruciato dal sole e dal riflesso della neve. Dita e mani doloranti, maltrattate sulla roccia appuntita, incastrate su fessure, aggrappate su un soggettivo quasi niente, dove braccia e spalle indolenzite ci hanno sostenuto nel dubbio del dopo.

Osare per appagare una curiosità fisica e mentale.

Affrontare la ripida parete di una montagna può essere lo strumento per trovare amicizie solide, che sono gli appigli e gli appoggi della nostra vita.

Appigli e appoggi che, come in ogni scalata, nel progredire si allontanano, ma ne sono stati parte fondamentale.

Appigli e appoggi che nel tempo cedono, cadono, si trasformano, crollano e precipitano, ma per un momento o poco più sono stati indispensabili, anche se mal usati, per permetterci di arrivare più in alto, o anche solo un po' più avanti, qui dove siamo ora, spesso senza essere coscienti del loro valore.

La montagna è solo un edificio naturale composto da roccia, neve e ghiaccio, prati e fiori. Spazio senza vita, che per una certa retorica illusione riceve anima e voce. Un luogo che non decide se essere seducente o assassino, perché non ha pulsioni, non può averle. Struttura affascinante e fragile che attira per la sua concreta e naturale bellezza. Ambiente in cui si manifesta l'obbligatorietà della semplicità del vivere, dove si possono dimenticare quella grande quantità di inutili parole tanto presenti nella nostra quotidianità.

Noi siamo umani, la montagna non lo è, anche se vorremmo sentirla parlare.

Con la sua presenza e il volerla vivere, ci trasmette uno stato d'animo che persone diverse trovano e apprezzano altrove.

Nei suoi confronti possiamo provare un sentimento d'amore e siamo noi a sceglierla e non viceversa. La vogliamo perché può essere pericolosa, ma non è assassina, perché ha il pregio di non essere umana.

Le pagine che seguono vogliono essere una testimonianza di amicizia, di esperienza, di gioventù del passato come di quella odierna, cercando di guardare un po' lontano, sognando il futuro, attraverso l'ascensione di una montagna ideale e reale, e come disse Walter Bonatti: «Le montagne sono il mezzo, l'uomo il fine. L'obiettivo non è raggiungere la cima delle montagne, ma migliorare l'uomo».

L'alpinismo è pura avventura e, mi ripeto, non è sinonimo di morte.

Una montagna puoi limitarti a scalarla, ma è molto più appagante viverla.

Siamo *I conquistatori dell'inutile*, come ha lasciato scritto Lionel Terray, in un'inutilità che ci è utile, a volte indispensabile.

Marco Berti
2 ottobre 2023

Nota: nelle ultime pagine c'è un breve glossario, inserito a beneficio di chi non conosce i termini alpinistici citati, così come parole desuete, luoghi poco noti, personaggi e cose del passato, in particolare per i più giovani.

Memoria

Quarant'anni sono passati da quando per la prima volta ho sentito il bisogno di salire lì in alto, guardando quella montagna da dove oggi il prato appare cambiato, lasciato al tempo di una vita mutata per tutti, perché falciare è faticoso e l'erba cresce, muore, marcisce. Abbandonata, copre.

Ero bambino, poi ragazzo con le farfalle allo stomaco per una bellissima biondina, quando li vedevo giungere al mattino presto, così l'erba tagliata, poi sparpagliata e più volte girata, si potesse asciugare al sole del giorno.

E le Dolomiti, quelle più alte, erano tutte attorno, protettrici di un mondo che con convinzione e troppa illusione ritenevo non potesse cambiare.

Lavoro di falce, elegante movimento tra braccia, busto e gambe, e quell'oggetto al fianco, alla cintura, una specie di spesso bicchiere di legno che accoglieva una pietra grigia a forma di losanga intinta in poca acqua, strumento affilante strusciato su un lato e l'altro della lama, dove un dito pollice calloso ne accarezzava il filo per verificare l'efficacia al taglio. E poi il rastrello di legno, realizzato nella stalla durante l'inverno. Aveva denti larghi e forti per portare il fieno verso un lenzuolo, raccoglierlo e trasportarlo al tabià attraversando luoghi e case, spargendo profumo di trifoglio bianco, tarassaco, loiessa e fleolo.

Oggi, uguale è rimasto il ridere dei

bimbi, due, che giocano rincorrendo un pallone.

La loro mamma è seduta su una vecchia panchina dove la ruggine e qualche rattoppo hanno cancellato il verde della prima dipintura. Ha il capo chino, lo sguardo a volte assorto, poi sorridente, per un momento arrabbiato, e il pollice veloce e nervoso che senza sosta preme su un piccolo schermo illuminato.

Mi volto a guardarli, i bambini, e sorrido al loro muoversi e dimenarsi. Saltano, calciano il pallone su quella strada asfaltata che taglia in due il prato. Lì, perché l'erba è troppo alta per giocarci sopra.

Chiamano la mamma, lei risponde con un bacio lanciato con la mano, mostrando un viso bello che regala simpatia, incorniciato in un biondo curato, occhi grandi azzurro chiaro segnati dalle piccole rughe del ridere, fossette sulle guance. Poi eccola tornare a testa bassa, con il pollice in frenetico movimento.

I bambini sono senza passato, non soffrono per luoghi che non hanno vissuto.

Da una villetta poco distante avanza e cresce la voce di Lady Gaga.

«*Tell me something, boy.*
Aren't you tired tryin' to fill that void?
Or do you need more?»
«Dimmi qualcosa, ragazzo.
Non sei stanco di cercare di riempire quel vuoto?
O hai bisogno di più?»

Due grandi montagne, una a est e una a ovest, e poi una linea di pareti e altre cime che sale quasi continua verso nord.

Qui nessuno mi può vedere.

Immerso in un'erba esageratamente alta, sono nascosto anche alla mamma e ai bambini, e con il mento alzato guardo la montagna che sta a est. Parete verticale apparentemente liscia, segnata da fessure e canali macchiati da neve e ghiaccio e, poco sotto la cima, gradoni alti che portano al cielo, dove le nuvole corrono per fuggire lontane.

Voglio tornare sulla parete di quella montagna per raccontare un profondo bisogno di vivere e non sopravvivere, in solitudine, per ritrovare Gianni, l'amico con il quale l'avevo scalata. Lui è rimasto giovane su un'altra montagna pesante di neve.

Quando muore un amico, un piccolo pezzo di noi se ne va per lasciare posto a una parte di lui.

Scavo nella memoria per rivivere i luoghi di quel viaggio, provando a leggere e rileggere ciò che la montagna spiega, facendomi aiutare da una fotografia che mi mostra l'ampia e alta parete.

Con un pennarello segno la via che attraversa territori dove mi sono aggrappato quando tutto era sognabile. Devo studiarla da lontano perché, quando le sei vicino e la tocchi, la nuca si appoggia alla schiena e la montagna si presenta diversa. Quando le stai sotto, non puoi leggerla tutta, al massimo una pagina alla volta, e in certe situazioni molto meno, solo una riga, attendendo il capitolo che segue senza poterlo immaginare.

Voglio ritornare per una questione di principio, per un intimo bisogno di dignità, ripensando a un compagno di cordata che mi ha detto: «Non ho più pazienza di cercare l'appiglio. Non ho più voglia di resistere su pochi millimetri per piedi e dita per poter progredire. La montagna mi fa paura».

Io no, voglio ancora resistere su pochi millimetri e guardare verso l'alto per raggiungere, di nuovo, ancora, l'appiglio che segue.

Amicizia

Scendo al bar, quello nel centro del paese, anche questo abbandonato al tempo, decorato con pubblicità di liquori che non esistono più, che mostrano donne giovani e prosperose, oggi sicuramente nonne o bisnonne.

Tavolini di alluminio traballanti.

L'oste, più vecchio che anziano, sta lì per trascorrere il tempo, senza interesse per il guadagno. È stancamente appoggiato tra bicchieri appena lavati e tazzine di caffè fumanti dalle quali sale un buon profumo che si mescola con l'odore di sudore da bosco di due cacciatori. Discutono di fucili e camosci.

Ordino una birra quando, all'ultimo tavolino, in un angolo poco illuminato, mi sembra di riconoscere una figura familiare. Una persona intenta nella lettura di un quotidiano. Sorseggia una bibita verdognola.

«Leo?» gli chiedo. «Leonardo!»

È lui.

Si volta e mi guarda con occhi indagatori, per poi accennare un sorriso tra il felice e l'imbarazzato. «Cosa ci fai qui?» mi domanda.

«Io? Cosa ci fai *tu* qui. Questa è casa mia. Lo sai!»

Arriva la mia birra, che prendo dalla mano dell'oste. Leo sposta la sedia che gli sta accanto e mi invita a sedere.

È invecchiato, lui penserà la stessa cosa di me, ma tolta la barba bianca, un occhio che vede poco e il colesterolo alle stelle, io sono in gran forma.

Tutto nell'imbarazzo di due che si vogliono bene, senza il coraggio di dirselo, che sanno dell'altro quello che gli altri ignorano, ormai quasi estranei dopo un'amicizia fatta di un affetto avvolgente, decantato nella falsa illusione che niente potesse cambiare. Due che si legavano ai capi di una stessa corda per scalare montagne sempre più difficili, quando la vita dell'uno era nelle mani dell'altro.

Lui matematica pura, preciso e attento in ogni cosa, ma mai puntuale. Io tutto istinto, fatalista, esasperatamente sognatore e ossessionato dalla puntualità.

Nell'andare degli anni ci sono state meno comunicazioni, e sempre più al limite del formale. La vita divide, a volte senza volontà, finché l'amicizia entra nel ricordo. Memoria protetta da un debole muro di illusioni che non ci difende dalla realtà.

Mi guarda con uno sguardo sornione. Lo sa che sono arrabbiato con lui, non apre bocca e allora comincio io: «Che strano trovarti qui».

«Sono di passaggio» e continua parlandomi del sapore della sua bibita e di un fallo da rigore di un giocatore argentino dal buffo cognome. Argomenti insulsi per superare l'impaccio di un dialogo che non vuole affrontare.

Lo interrompo: «Non ti nascondo che, quando ti ho riconosciuto, speravo tu fossi venuto qui per me. Certo non è così, ma questo mi dà la forza per dirti quello che mi pesa sullo stomaco da un bel po'».

Sbuffa accennando un sorriso, apre le braccia e poi appoggia pesantemente le mani sui braccioli della sedia.

Io mi stravacco sulla mia e, allungando le gambe e tenendo il bicchiere con la birra sul petto, inizio a parlare di cose che mi tengo nella pancia da troppo tempo: «Penso spesso alle nostre scalate, all'allenarci all'alba, quando tu arrivavi sempre con mezz'ora di ritardo».

Lui sposta il gomito sul tavolino e poi fa

cadere pesantemente la fronte sulla mano destra.

Guardandolo negli occhi riprendo. «Fin da quando eravamo piccoli, adolescenti, eri parte di un altro mondo, finanziariamente più sereno e culturalmente più elevato, ma non facevi sfoggio del tuo benessere e di fatto vestivi più semplice di me, ma parlavi ostentando parole incomprensibili che a volte mi costringevano a ricerche nel vocabolario. Come quella volta su una montagna della Val Badia, quando ti ho chiesto se il chiodo che avevi appena piantato fosse ben fissato. Mi hai risposto: "Lapalissiano!".

«Rimasi a bocca aperta. "Che cacchio vuol dire?"

«O dopo quella lunga e difficile traversata senza poter mettere la minima protezione, quando ho raggiunto un buon punto di sosta e ti ho urlato di venire tranquillo, che gli appigli erano pochi, piccoli, ma sufficienti. Mi hai risposto: "Gaglioffo! *Alea iacta est!*".

«Non avendo capito assolutamente niente di quello che volevi dirmi, con gli occhi sbarrati aspettai il tuo arrivo in sosta perché mi si svelasse con chi io stessi arrampicando.»

Un attimo di silenzio. Il mio ricordo del suo esagerato lessico è reale. Leo mi guarda negli occhi, scoppia a ridere e io con lui. Ci fermiamo solo quando, per la terza volta, ci asciughiamo il viso dalle lacrime. Una specie di istantaneo rewind che ci riporta a risate che nascevano da battute che capivamo solo noi, come il ricordare una scena di un film di Jerry Lewis. Quando a un certo punto, anche nei momenti meno opportuni, bastava che uno dei due dicesse «Jerry» per iniziare a ridere come due deficienti, con lo sguardo interrogativo di chi ci stava attorno.

E riprendo: «Devo dirti che nel crescere della nostra amicizia mi sentivo appagato, felice, e ho sempre riconosciuto che, se è nata, è stato solo grazie alla tua maturità, che cancellò la mia stupida competitività, il mio vedere ovunque un avversario e non un potenziale amico.

«Non dimenticherò mai quel tuo invito alla stretta di mano sotto una parete di roccia, quando, fino a poco prima, io ero concentrato solo sui miei appigli e a salite che nessuno immaginava avremmo potuto condividere.

«Mani unite, che a un certo punto sembrava non potessero mai lasciarsi.

«Un po' ti invidiavo, perché eri l'ultimo di una schiera di fratelli e sorelle e questo ti aveva fatto maturare prima di me. Io, con una sorellina più piccola, avevo solo cugini più vecchi, parte di un'altra generazione e molto distanti, alcuni altezzosi e paternalistici. Tranne uno, il musicista, che mi insegnò a suonare la chitarra che ancora oggi strimpello nei rifugi o nelle valli himalayane per il piacere di turisti e sherpa. Un cugino che viveva in simbiosi con la chitarra, come io ho poi vissuto la montagna. Al compimento dei miei cinque anni, iniziò a ingozzarmi di Pink Floyd, Led Zeppelin, Jethro Tull e molto altro, tanto che a un certo punto, saturo, in una specie di fuga, cominciai a preferire le melodie e la poesia di Francesco De Gregori, che cantava di Alice che guardava i gatti e di un mondo che girava senza fretta.

«Ero ingenuo, pregno di quell'entusiasmo infantile che in parte non mi ha mai abbandonato. A un certo punto capii di essere orgoglioso di esserti amico».

Sa dove voglio arrivare e, senza guardarmi, sposta di qua e di là il suo bicchiere. Ogni tanto alza il mento, mi fissa, sorride e subisce.

«Eravamo quattro amici al bar, come dice quella vecchia canzone di Gino Paoli, ma gli altri due non vivevano quello che noi abbiamo condiviso scalando montagne. Uno è sparito subito, l'altro mi sono stufato di cercarlo, come è poi successo con te. Ho accettato questa mia solitudine da un passato nel quale avevo stupidamente idealizzato il futuro, l'oggi.

«Inizialmente ho sofferto, poi ho accolto il piacevole ricordo di quello che è stato, senza rimpianti. Un luogo della mente del quale mi riapproprio isolandomi, che leggo come voglio e quando ne sento il bisogno.

«Ho sempre amato e apprezzato le persone che mi portavano a esplorare nuove direzioni, aprendo porte di stanze che non conoscevo. Tu eri una di queste. Non sopportavo quelli che nel nostro ambiente sceglievano di vivere con il paraocchi, focalizzandosi sull'unico tema della montagna o dell'alpinismo. Sì, era la nostra passione, ma non poteva diventare la nostra gabbia. Così, grazie a te, avevo la montagna, ma anche tanto altro.

«Ero certo che non ci fosse niente di più definitivo di un'amicizia tra due uomini che affrontano montagne, consapevoli della responsabilità della vita di uno nei confronti dell'altro. Relazione affettiva basata sulla fiducia e sulla ricerca di un equilibrio voluto nel continuo maturare di un sentimento reciproco. Convinto che la nostra potesse essere inesauribile, mi appariva inossidabile.

«In questo modo l'ho vissuta solo con te, perché con gli altri scalavo dove sapevo di non rischiare, andando sempre da capocordata, usando pochi chiodi, non vedendo e non cercando sicurezza in chi teneva l'altro capo della corda, mentre nelle nostre scalate, in un crescendo di difficoltà e rischio, io sapevo che c'eri tu a regalarmi la necessaria tranquillità, e tu sapevi che c'ero io.

«Ti ricordi quel secondo di cordata durante il mio servizio militare negli Alpini, quando, nel richiamarlo a fare attenzione per l'ancoraggio della sosta poco solido – perché i chiodi, seppur entrati, erano ballerini e la roccia si rompeva –, mi ha urlato da cinquanta metri più sotto: "Bello! Mi piace sentire la morte vicina".

«Gli chiesi di ripetere.

«Ribadì: "Mi piace sentire la morte vicina".

«Tornati a valle, lo salutai con un mio intimo e definitivo *mai più*.

«Tu mi accusavi di perdere tempo portando ad arrampicare cani e porci, ma mi appagava condividere la mia passione e le mie esperienze.

«Forse per questo, dopo il penoso interrompersi del nostro scalare, ho iniziato ad arrampicare da solo e senza corda.»

I cacciatori alzano la voce, discutono animatamente di un fucile ultimo modello. Sono al terzo bicchiere di merlot e alla quarta sigaretta in un disquisire di proiettili calibro dodici e venti.

Leo mi guarda, chino al mio mare di parole in piena che fino a quel momento era stato trattenuto da una diga di illusioni, costruita dal mio non accettare che i rapporti possano cambiare.

«Non volevamo cambiare il mondo, ma tu sapevi che io volevo cambiare il mio, orientato verso una vita che non mi piaceva, che non volevo subire.

«Come per molti altri miei coetanei, mi si voleva con un impiego tranquillo per un futuro trascinato, sopravvivendo a un qualcosa che mi appariva preconfezionato, precludendomi la possibilità di rincorrere sogni che potevano diventare progetti, dovendo accettare tutto a capo chino, perché gli altri erano sempre più bravi, intelligenti, ricchi, e perché così gira il mondo.

«Attorno a me vedevo troppe vite supine alle scelte altrui.

«E così, grazie alla montagna, osai, partendo con molto timore, ma altrettanto coraggio, come un giorno mi scrisse il vecchio Rolly Marchi, quello delle mani dure e con il cappello da cowboy.

«E quando ero in giro per l'Asia, in Medio Oriente, nelle Americhe, salendo montagne lontane e vagabondando tra territori sconosciuti, ti avrei voluto al mio fianco. C'eri sempre quando stavo attorno a un fuoco in compagnia di gente che parlava una lingua a me sconosciuta. Era come vivere nei racconti di Walter Bonatti, Folco Quilici e Thor Heyerdahl, che tanto avevamo ammirato, condividendo libri e reportage. Quei reportage che mia mamma aveva iniziato a ritagliare e conservare poco dopo la mia nascita. Parlavano di K2, Everest, Klondyke e Tibet, di avventure e spazi liberi, del Kon-Tiki e del Ra, di dialoghi senza parole con gli ultimi selvaggi e del ritornare sui passi di Melville e Humboldt.

«Sogni e progetti che ai più apparivano come fantasie giovanili, divertenti e irrealizzabili.

«Troppo tardi mi sono reso conto che te ne eri andato da molto tempo, anche se l'allontanarsi può essere una normale conseguenza a una vita che ci porta a prendere strade diverse, poi viottoli e sentieri che, senza volerlo, creano distanze. Non è un separarsi, ma solo un assentarsi per vivere percorsi non previsti, voluti e non voluti, a volte provocati dal bisogno di fuggire da qualcosa che ci fa soffrire, ma la memoria rimane e i ricordi ritornano alla mente, ed era in quei momenti che mi nasceva spontaneo il bisogno di chiamarti. Lo facevo per il piacere di sentirti, anche se da parte tua non succedeva. Mai.

«Poi un giorno hai bloccato la mia chiamata, mi hai scritto che eri impegnato e che entro poche ore mi avresti ritelefonato.

«Ho atteso. È giunto il giorno dopo, sono passate le settimane. Volevo farti uno squillo, ma pur facendomi violenza ritenevo giusto aspettare, perché la tua chiamata mi avrebbe reso felice come fosse nata da un tuo bisogno di sentirmi. Invece sono passati mesi, tanti, per me troppi, fino a quando ho deciso di scriverti chiedendoti se quell'impegno di poche ore ti impediva, ancora, di parlarmi.

«Mi hai chiamato subito. Non ho risposto, perché ho capito che per te era solo un'obbligata formalità in memoria di quello che era stato.

«Amicizia non è una parola da ostentare al bisogno, ma da realizzare nel tempo, rendendola vera. Io con te ci ho provato, ma i nostri ricordi sono rimasti luoghi senza un presente, anche se nessuno, nemmeno tu con la tua assenza, puoi cancellare le emozioni, le risate, le scalate e le avventure vissute insieme. Tu sei lì, in un angolo del cuore e della mente, in uno spazio dove nessuno ti può eliminare, nemmeno io.»

E continuo, non smetto. Lui ascolta.

Fino a quando lo saluto, nel dubbio che la nostra amicizia sia cambiata a causa della nostra ultima, ormai antica scalata.

Fuori della porta del bar si staglia la mia montagna, quella che domani voglio salire.

Domina tutto, sicuramente me.

Tracce

Quaranta anni fa, due ragazzi da pochi mesi maggiorenni.

Erano le cinque del mattino quando Gianni, l'amico rimasto su una montagna pesante di neve, si presentò davanti alla porta di casa mia con la sua moto da trial.

Io ero già pronto, e mentre stavo per uscire, mia madre fece capolino dalla sua stanza. «Stai attento!»

Alzando gli occhi al cielo, borbottai: «Sì, mamma, stai tranquilla».

Mio papà era rimasto a letto, apparente-

mente lontano da ogni preoccupazione. Lui, che parlava delle mie scalate con orgoglio ai suoi amici, non a me, ma che al mio lasciare casa metteva ancora più ansia a mia mamma in un continuo di domande.

«Ma la corda è la migliore?

«I moschettoni sono quelli più robusti?

«Il suo compagno è bravo?

«Il maglione è quello più caldo?»

Due zaini grandi, riempiti anche di cose superflue, in un esagerato «non si sa mai».

Io, che non guidavo, me ne misi uno sulle spalle e l'altro sopra, di traverso.

Non c'erano i predellini per un secondo viaggiatore e non sapevo dove appoggiare i piedi, così le cosce stringevano, ma la mia gamba sinistra doveva stare larga, perché il tubo di scappamento ustionava. Niente casco, nemmeno sulla montagna l'avremmo indossato. Si usava ancora poco, metterlo era da sfigati.

Avvinghiato al corpo del mio amico e con le chiappe strette, me ne stavo con le spalle inarcate in avanti, tutto teso per la paura di venire trascinato all'indietro dal peso degli zaini.

Le ruote si aggrappavano al sentiero sassoso, andavano qui e là, spostate dalle instabili pietre del ghiaione, con il motore che urlava, stridulo, spesso in affanno, in un continuo ingranare e scalare delle marce, disturbando un silenzio che fino a quel momento veniva interrotto dal solo frinire dei grilli.

A metà salita, nel rimbalzare di ogni sasso, iniziai a soffrire per un maledetto testicolo che si era posizionato dove non doveva, tra un sellino-incudine e il mio corpo-martello gravato dal carico dei due zaini. Un dolore che mi entrava nello stomaco per poi penetrarmi nella testa.

E quando già immaginavo un futuro operistico da castrato, riuscii a salvarmi grazie a un disperato gioco di mano e dita tra mutande e pantaloni.

Giunti a un pianoro, il motore smise di urlare, la moto rallentò, si fermò, e il faro si spense. Tornò il buio e con lui il silenzio. I tenui contorni rossastri dell'alba ci presentarono il profilo della montagna. La parete vergine che volevamo salire era ancora protetta dall'oscurità, e a passi ampi e veloci si fece sempre più vicina e sempre più alta.

Pregni della nostra giovanile inesperienza, tronfi delle nostre precedenti conquiste, iniziammo ad arrampicare in un ininterrotto accavallarsi di dubbi, pensando a quei numerosi «dopo» pieni di incognite, che sono il vero piacere dell'aprire una via nuova su una grande montagna.

Ci alternammo alla guida della cordata, garantendo l'uno all'altro poche sicurezze, perché la roccia era talmente fragile da apparire come un cumulo di biscotti sbriciolati. Non reggeva i nostri chiodi.

A metà parete, esausti, per ridurre l'esagerato peso degli zaini, buttammo via gran parte dell'acqua della nostra riserva. Era l'unica cosa da non fare, e nel continuare a salire, i crampi ci irrigidivano dolorosamente mani e dita. In alcuni facili tratti, sempre più disidratato, mi arrampicai usando i gomiti.

Poi i ricordi si fanno più vaghi, perché la stanchezza era tale da annebbiarmi la mente, ma rammento bene che scalavo parlando senza sosta e ridendo come un cretino.

Quando la cima fu sotto i nostri piedi, eravamo tanto felici quanto preoccupati e avvolti da nuvole dense. Non potevamo vedere da dove eravamo giunti.

Non ci trovavamo al punto di arrivo, ma a quello di mezzo, dove l'altra metà è sempre la discesa e il traguardo è casa.

Non conoscevamo la via più facile, la così detta «normale». Non eravamo mai saliti da quella parte e non sapevamo dove ini-

ziava e quale fosse il percorso corretto per giungere a valle. Era la più facile, ma non era facile, e in molti, prima di noi, nello scendere da lì, avevano perso l'orientamento trovandosi in luoghi che portano al nulla, lasciandoci la pelle.

Mentre cercavamo di capire cosa fosse meglio fare, un freddo umido spinto dal vento penetrava i nostri maglioni di lana. Il mio era fatto in casa, ai ferri, così si usava. Era tutto blu, di lana pesante, personalizzato con due semplici righe rosse sulla manica sinistra.

Eravamo stanchi e l'acqua rimasta era pochissima, forse due sorsi a testa, se bevuti con parsimonia.

Decidemmo di riprendere l'itinerario percorso in salita, sconosciuto ai più, perché nuovo, ma a noi noto.

La discesa non sarebbe stata semplice, ma per tornare a casa era l'unica strada che conoscevamo.

Nell'arrampicare, gli appigli e gli appoggi sembravano più piccoli di quando li avevamo usati in salita, ma fisicamente ci parve di rinascere.

Ci allontanammo dalla vetta tra nuvole sempre più fitte che, avvolgendoci, ci regalavano un senso di protezione in quel ritorno che appariva senza fine.

Su centinaia di metri di parete, solo per due brevi tratti riuscimmo a calarci in corda doppia, perché nella roccia fragile i chiodi non si fissavano. Inutili, erano di una tale precarietà che anche il coraggio più estremo si sarebbe tradotto in follia.

E allora giù, con grande attenzione, alternandoci alla guida della cordata, quando chi rischia è quello che scende dall'alto, ma lì rischiavamo entrambi, legati ai capi di una corda che era fissata solo ai nostri corpi. Niente avrebbe potuto fermare una caduta. L'uno avrebbe trascinato giù l'altro.

Esausti, arrivammo alla base della parete che era buio, e quando rimontammo sulla moto era notte.

Una volta a casa, nel giardino c'era un gran numero di paesani e villeggianti. Chi mi faceva i complimenti, altri, in particolare le donne più anziane, occhi da matte, sbarrati, e le mandibole irrigidite fino a quasi digrignare i denti, agitando le mani con fare minaccioso mi auguravano una clausura a doppia mandata lontana dalle montagne.

Mia mamma si dibatteva tra l'arrabbiatura e la gioia di rivedermi.

Quella notte non dormii, sia per la stanchezza, sia per la gioia di avere aperto la mia prima via nuova. E guardando il soffitto, la ripercorsi decine di volte.

Allontanarsi

Sono le due del mattino quando il suono della sveglia mi trova già seduto sul letto, intento a soffocare un leggero mal di pancia. È quella leggera ansia che vivo nei preparativi, il sommarsi di emozione e timore per una scalata desiderata.

Un veloce vestirsi e una ricca colazione. Pasta all'olio, pane e speck, acqua e un doppio caffè lungo, per poi lasciare il tepore di casa, caricandomi lo zaino sulle spalle, pesante il giusto perché pieno dell'indispensabile, vuoto del superfluo.

Quaranta anni di esperienza insegnano.

La corda è di traverso e la piccozza è fissata all'esterno, mentre i piedi sono accolti in un leggerissimo e moderno scarpone, ricco di colori e con una grafica avveniristica, comodo per camminare, concreto per arrampicare.

Quando apro la porta di casa non c'è più mia mamma che esce dalla sua stanza e mi raccomanda: «Stai attento!».

Oggi non alzerei gli occhi al cielo. Andrei a darle un bacio dicendole: «Sì, mamma, stai tranquilla».

Se n'è andata un po' di anni fa, mangiata da un brutto male, sua tipica espressione per dire e non dire che era cancro. Fino all'ultimo abbiamo parlato delle mie scalate giovanili che tanto la facevano preoccupare. Io ridevo, lei, stanca e dolorante, con il viso sprofondato in quel cuscino d'ospedale, le riviveva con angoscia, fingendo di arrabbiarsi come un tempo. Finché il nostro chiacchierare si trasformò in sussurri e lei iniziò a chiedere con insistenza di lasciarla andare.

È ancora notte e mi incammino senza fretta, ammirando le ombre create dai lampioni su antichi muri di pietra, sui quali imposte di legno mostrano lunghe e ampie crepe, ferite regalate dal troppo subire pioggia, neve e sole.

Percorro poche centinaia di metri sul marciapiede, quando lì, sulla curva, una macchina mi arriva incontro veloce, assordante, un flash, fari sparati sui miei occhi, finestrini aperti e stereo a tutto volume. Un istante violento, poi tutto si ripresenta con una nuova calma disturbata dal solo scalpiccio dei miei passi.

Tra poco entrerò nel bosco avvolto dal profumo dei funghi e il sentiero diventerà ripido e stretto, segnato da radici solide.

Alla mia sinistra un ampio canale dove

rotolano sassi. Avanzo nell'oscurità, realtà che può apparire sogno, perché la luce della mia lampada frontale illumina solo pochi metri attorno a me e il resto è una scenografia a me nota, ma protetta dal buio.

Volgo lo sguardo a valle e mi godo quel senso di appagamento dato dal vivere una fatica che porta più in alto.

Un passo dopo l'altro, come mi ripeteva Pemba, il vecchio sherpa che mi ha regalato la sua piccozza, che aveva ricevuto nel 1938 dalle mani del leggendario Bill Tilman poco prima di tentare la salita dell'Everest. Mi guardava come un nonno fa con un nipote, il nonno che non ho mai avuto, ma che avrei tanto voluto avere, cercandolo anche oggi che sono nonno io stesso.

Nella sua capanna, che sapeva di burro rancido, in un angolo una piccola immagine di Guru Rinpoche veniva illuminata da un lumino che non riusciva a vincere la cupa penombra della stanza. Mi raccontava di un'altra epoca, di altre fatiche, altri uomini e, forse, altre montagne, anche se in apparenza non sono cambiate. Ma se un tempo ogni passo era un'incognita, oggi, in un crescendo di turismo-alpinistico, ogni luogo, crepaccio e traccia sono conosciuti già prima della partenza, tutto è previsto o prevedibile. Maggiore sicurezza, minori emozioni.

Non è questione di giovani o vecchi, generazioni passate o presenti, di ieri o di oggi. La differenza è legata al come.

Gli alberi lasciano spazio ai rododendri e il fascio della mia lampada frontale illumina un camoscio seguito da altri tre.

Alzano il collo, e con fare altero mi fissano facendomi sentire un intruso. Li saluto alzando il braccio e, sorridendo, chiedo scusa chinando la testa.

Nell'osservare lo scorrere del sentiero

sotto i miei piedi, ritorno all'incontro con Leo e rifletto su cosa gli ho detto e non detto, in un misto di compiacimento e ripensamenti.

Impreco dove il terreno è ricoperto dal fango. Scivolo spesso, e per non trovarmi disteso per terra sono costretto ad aprire le braccia come un principiante su una pista di pattinaggio su ghiaccio.

La fronte è imperlata di sudore, i capelli, ormai radi, sono inzuppati, tirati come un tempo faceva la brillantina, quando la mano passa larga e ampia tra fronte e nuca per poi asciugarsi sui pantaloni. Manca poco che la mia barba sia completamente bianca.

Poche e brevi soste in questo ennesimo percorso di un lungo e desiderato viaggio, in una vita che ha imboccato mille strade che ho sempre protetto, goduto, poche volte rifiutato, anche quando erano sofferte, e mai rinnegato. Tanti piccoli errori, alcuni grandi, e qualche rimorso che per un istante riaffiora nello stomaco mentre osservo l'avanzare della punta degli scarponi.

Faccio una sosta, e nel sorseggiare un po' di acqua dalla borraccia mi accorgo che i profili delle montagne appaiono dall'ultimo buio della notte.

Mangio mezza barretta di cose proteiche dal nome farmaceutico. Un tempo era salame, a volte speck, un pezzo di formaggio stagionato, acqua e in qualche goliardico momento anche vino.

Segue un'altra mezz'ora di cammino, fino a quando la lampada frontale non serve più.

Tre, due, uno, ultimi passi sul sentiero ghiaioso.

Appoggio la mano sulla parete che da qui sale verticale.

Osservo l'incognito di un mondo che conosco, che muta di continuo e presuntuosamente ritengo un po' mio.

Sassi rimbalzano sulle rocce e un vento

allegro si insinua in fessure e crepe, rilasciando un suono, una specie di fischio che alimenta il mistero di luoghi che non potranno mai essere completamente svelati.

I nevai, lì in alto, cedono piccoli pezzi di ghiaccio.

In questo mattino limpido e freddo, me ne sto in piedi su un piccolo spazio orizzontale macchiato da fiori colorati che si sollevano con stelo esile a quattro dita da terra.

Sono al punto di partenza di un lontano da tutto e da tutti, aggrappato a tanti timori per un viaggio che spero riempia dei vuoti.

Ricerca

Osservati verso l'alto, i mille metri verticali di una montagna sembrano infiniti, per alcuni appaiono impossibili da scalare e superare, ma gli stessi rovesciati in orizzontale sono poco impegno, non esistono paure, dubbi o velate ansie.

Iniziai ad allenarmi per trasferire il rilassato divertimento del mondo orizzontale in quello verticale. Per poter salire con un privilegiato piacere, fisico e mentale. Rispondendo a bisogni che nel raggiungere una meta sarebbero diventati la mia storia, tra fatiche, riflessioni e qualche momento di paura.

«La linea è costituita da un numero infinito di punti» scriveva Jorge Luis Borges.

Luoghi della mente

Quarant'anni dopo.

Vesto l'imbragatura, aggancio ai lati i moschettoni, i chiodi e il martello. Passo anelli di cordino rosso e blu sopra la spalla e sotto l'ascella. Stringo i lacci degli scarponi, sistemo il casco infilando il dito indice tra cinturino e sottomento. Troppo stretto mi dà fastidio.

Rimetto lo zaino in spalla con la corda riposta all'interno. Utile, dovesse servire.

Guardo verso l'alto. «Eccoci qua!» ed espiro per far uscire un po' di timori.

Afferro il primo appiglio tra soggezione ed eccitazione, come quando, nella peluria dei miei primi insulsi baffi, una signora, ipnotizzandomi con il suo generoso décolleté, mi fece sfiorare il suo seno nudo.

Segue il primo appoggio, e con il secondo lascio l'orizzontale. Avanzo dove gli occhi anticipano.

Il braccio si alza, la mano esplora e le dita si sistemano su pochi centimetri rotti. Ferme, aggrappate, solide.

Il sole è ancora nascosto da un buio sfumato nel blu, mentre giù, alla base, vedo rocce e arbusti ancorati a un orizzontale già lontano.

Ritrovo la roccia fragile di un tempo, quella che sembra un cumulo di biscotti sbriciolati, quella che fece dannare me e il mio compagno di cordata.

Qui avevamo piantato chiodi inutili, messi lì con fare perplesso e molta ironia, perché in caso di una caduta non avrebbero fermato il peso di un pallone da calcio.

Raggiungo un diedro, libro poco aperto fatto di rocce in attesa di essere mosse da neve e pioggia, o da mano d'uomo che le fa diventare sassi lanciati nell'aria, fastidiosi nel loro schiantarsi a valle perché mostrano la precarietà di quello stare aggrappato a un poco che in questo momento è tutto.

In lontananza, nel freddo pungente, appare il sole, il cui calore mi giunge nel solo osservare un raggio che illumina la cresta dell'ampia montagna che si erge dall'altra parte della valle.

Ecco la cengia stretta, piccolo pergolo naturale dove posso sedermi con le gambe penzoloni anche se è un fastidioso letto da fachiro. Le rocce spuntano aguzze e le chiappe non sono di ferro.

Cerco il chiodo che avevo piantato qui da qualche parte quando, sbagliando, avevo battuto il martello sul dito medio della mano sinistra, e solo dopo aver elencato tutti i santi del paradiso, preceduti da un triviale urlo soffocato dal dolore, ero riuscito a riprendere la salita.

Eccolo! Senza ruggine, nonostante gli anni, protetto in un anfratto, con la vernice arancione sull'occhiello. È come incontrare un vecchio amico.

Molto più giù, nel fondo della valle, vedo piccola la casa delle mie vacanze, ampia con il giardino di sassi macchiato da un verde spento, irrispettosamente rovinato dal viavai di più di cinquant'anni di automobili.

Rivivo il ricordo del profumo dell'erba bagnata del primo mattino, quando aprivo la finestra della mia camera e vedevo questa montagna, con la sua ripida parete, imponente, incorniciata in un cielo azzurro.

Lì c'è la mia infanzia, l'adolescenza e qualcosa della gioventù, poi tutto è cambiato e la casa è di altri. Giochi, risate, affetti, brindisi, corse, quel platonico amore da farfalle allo stomaco, sempre la biondina, e poi ancora risate e tanti progetti, un mondo pregno di un profumo che non c'è più, anche se lo cerco, fino a quando, per un impercettibile momento, lo trovo e inutilmente lo rincorro.

Non è l'inganno dei luoghi della mente, diventati quello che vorremmo fossero stati. La nostalgia, quella vera, semplicemente cancella il superfluo.

Qualcuno mi ha detto che dopo la morte puoi tornare al tempo che vuoi. Se è così, il mio sarà dove ho lasciato l'adolescenza, quando la mia vita si è spostata sul verticale, sulle montagne, tra roccia e neve, in una libertà che poteva essere una prigione dorata, perché concentrata verso un unico obiettivo. Arrampicare e scalare montagne è un piacere dell'anima, che ti permette di ascoltare le sensazioni più intime, in un continuo cercarsi dentro e immaginarsi da fuori.

Nei miei ricordi ci sono molte illusioni,

qualcosa di rubato in meravigliosi attimi usati, tanti, alcuni mai realmente posseduti.

La casa si trovava tra due alberghi dove ogni quindici giorni, tra luglio, agosto e settembre, c'era l'arrivo di nuove famiglie. Venivano da tutta Italia, alcuni anche dall'estero, molti ragazzini, altrettanti amici. Ogni anno li aspettavo, qualcuno non tornava.

Quando decidevano di partire per una gita, meta qualche rifugio, li osservavo con divertita curiosità.

Tenevano sempre una grande riunione la sera prima. C'erano i mattinieri e quelli che rivendicavano la rilassatezza della vacanza. Spesso, tra il disappunto dei più montani e il fastidio dei più riposati, il compromesso portava l'orario di partenza alle nove del mattino.

E così, il giorno dopo, alle otto in punto, il romano, orgoglioso per la sua giovanile salita sull'Adamello, nel silenzio più assoluto e con la prima colazione già nello stomaco, era pronto in compagnia di un trevigiano con la barbetta alla Italo Balbo, doverosamente vestiti con braghe alla zuava di velluto a righe, calzettoni rossi e camicia Carlo Mauri.

Alle otto e mezzo ancora silenzio, la sala con le colazioni pronte, ma deserta, mentre il romano e il trevigiano, in un crescente e preoccupato nervosismo, origliavano tra corridoi e scale nella speranza di sentire qualche arrivo da stanze che avevano le imposte più blindate di una cassaforte.

Alle otto e quarantacinque i primi movimenti.

Papà che sollecitavano, mamme indaffarate a vestire i bambini pieni di sonno e a rimproverare gli adolescenti imprecanti e frignanti.

Il romano e il trevigiano, demoralizzati e spazientiti, incalzavano tutti a darsi una mossa, a fare una colazione veloce, chiedendo a destra e a manca se tutti avevano già preparato zaini e scarponi, per poi, puntualissimi, alle nove prefissate, stazionare davanti all'albergo con le loro macchine. Uno con una FIAT 131 con portapacchi sul tetto, l'altro con una Mercedes «Barraotto», gialla da dar fastidio, orgogliosamente acquistata in Germania.

Finché l'albergo diventava un formicaio impazzito. Gente che entrava e usciva, richiami di mariti a mogli, di mamme a figli che piangevano, di zaini ancora da chiudere, chiavi di macchine o portafogli che non si trovavano. Un entra ed esci continuo, con il romano che richiamava i suoi compaesani con un «datte 'na mossa!» alzando gli occhi al cielo e spalancando le braccia. L'altro rispondeva: «Fermete! Che c'hai le fragole! Stamo a'rivà!», mentre il papà sardo, che per l'abbigliamento e la pancia mi ricordava Tartarin di Tarascona, accompa-

gnava un «Ajò» al figlio con un sonoro scappellotto perché il giovane, ancora assonnato e piagnucolante, non voleva essere parte della chiassosa banda.

Poi apparivano i milanesi, quelli erano di due tipi. I primi parlavano solo italiano e sembravano in partenza per una sfilata di moda. I secondi, operai all'Autobianchi di Desio, si univano al coro dei sardi e dei romani con i loro «Möves!», a cui seguiva in risposta un urlato: «Quiettes! Adess rivém!».

In tutto quel trambusto, c'era un signore un po' in disparte. Se ne stava seduto con le gambe larghe, tra le quali si infilava una vistosa e burrosa pancia. Lo vedevo seguire l'andirivieni di persone, bambini e cose, richiamando qualcuno con un divertito «Belin!».

Era un camallo genovese di quelli duri e puri, che aveva ricevuto una piccola fortuna grazie all'eredità di uno zio. La mano appoggiata a un tavolino, teneva con due dita una tazzina di caffè, mentre un bicchierino di grappa aspettava di diventarne la correzione.

Non partecipava mai alle gite, ma io adoravo la musicalità della sua parlata ligure e quel suo decantare i pansoti co u prebuggiùn conditi con la salsa di noci e funghi che gli preparava la moglie.

Quando giungevano le dieci del mattino e il sole era già alto, il trevigiano stava con la fronte appoggiata al volante e, sfiorando la bestemmia, malediceva il giorno in cui aveva accettato di partecipare alla gita, già conscio che alla successiva proposta sarebbe stato della partita.

Poi, magicamente, dieci macchine con targhe che raccontavano l'Italia da sud a nord e da est a ovest partivano strombazzando. E nell'albergo tornava il silenzio.

Raggiungevano il rifugio quando il sole era allo zenit e fette di salame schiacciate nel pane e riposte da ore nello zaino cola-

vano un colesterolico grasso cotto, mentre il panzuto camallo, che non si era quasi mai mosso dalla sedia occupata al mattino, se ne stava in attesa del pranzo, concentrato nella lettura de «il manifesto» sorseggiando una birra ghiacciata.

Erano gli anni in cui si ascoltava Rock and Roll *dei Led Zeppelin registrata su fragili nastri di audiocassette, quando gruppi di trenta ragazzi, «le compagnie», si ritrovavano per cantare a squarciagola* L'avvelenata *di Guccini, «Ma se io avessi previsto tutto questo, dati causa e pretesto, le attuali conclusioni».*

«Attuali conclusioni» accompagnate da quattro chitarre, due bonghi, un'armonica a bocca, tante voci e migliaia di ormoni impazziti che urlavano al giungere di «Godo molto di più nell'ubriacarmi oppure a masturbarmi o, al limite, a scopare».

Gioventù

Davanti a me un camino profondo. Lo supero stando al suo esterno, giocando su piccoli appigli che nel salire diventano appoggi per i miei scarponi.

Spesso, per usare un buon appiglio, devo pulirlo dalla sabbia e da piccoli pezzi di roccia. Alcuni li lancio nell'aria.

Pochi giorni fa ho conosciuto la figlia di un vecchio amico, una giovane che da alcuni anni trascorre le sue giornate aggrappata al verticale. Infoiata di un mon-

do che oggi è solo una nicchia della mia vita.

Divertito, l'ho ascoltata mentre mimava e raccontava passaggi difficili su appigli microscopici, i suoi occhi sempre in movimento tra lampi di gioia e descrizioni di strapiombi superati, accompagnati da un nuovo e colorato vocabolario a me ignoto, vomitando gradi di difficoltà e nomi di montagne.

Concentrato nel guardarla e ascoltarla, è stato un godimento il farmi trascinare nel suo mondo. Entusiasmo contagioso che mi ha portato a rivedermi in un passato che non mi è lontano.

C'è chi, in là con gli anni, vive i giovani come un nemico, senza capire che loro sono l'entusiasmante oggi del nostro ieri.

Ricordo quel vecchio cardinale che mi chiese di accompagnarlo in una facile salita, uno che da giovane aveva scalato sulle Do-

lomiti Friulane. Un alto prelato che subito mi apparve più pratico che mistico.

Io, molto giovane, ero ossequioso e formale. A ogni passo e in ogni parola infilavo un'Eccellenza, un'Eminenza o un reverendo padre. Così mi avevano insegnato.

Mi stava davanti quando, a un certo punto, si voltò di scatto con fare spazientito, mi guardò fisso negli occhi che abbassai subito, non capendo cosa avessi detto di sbagliato.

Il cardinale mollò una corposa e sonora scoreggia, che venne amplificata dalla parete concava alle sue spalle.

Rimasi impietrito.

A quel punto, cosa avrei dovuto dire?

Eccellente flatulenza Sua Eminenza?

Era anche in rima.

Ma lui mi anticipò: «Mulo! In montagna, no ghe devi esser diferenze de età, de titolo de studio o de altro tipo» era di origini triestine «'sta scoreza che me stava a rumi-

nar da un toco dentro la panza xe el sigilo de 'sta nostra amizizia montana. No scorezo mai in compagnia. Desso demose del ti e quando che saremo tornadi zo mi sarò de novo el cardinal!» e dopo una breve pausa, nel riprendere il cammino se ne uscì con: «Mama mia senti che spuza!».

Non avrei mai pensato che la sintesi del rispetto di un vecchio nei confronti di un giovane potesse passare anche attraverso un potente peto.

Certi vecchi che ammiravo, nell'accorgersi del mio andare oltre le loro conquiste e i loro successi, con fare paternalistico e un po' canzonatorio iniziarono a ripetermi: «Rallenta! Devi accontentarti!». Un mantra che durò molto tempo. Io sorridevo, continuando per la mia strada, ma un giorno, annoiato da quella cantilena, risposi: «Ma perché devo accontentarmi? Voglio vivere l'oggi, per non passare la vecchiaia, co-

me fate voi, coltivando mille "se" e altrettanti "ma". I miei limiti li trovo andando oltre, e una volta capiti li accetterò, come accetterò chi è stato e sarà più capace e coraggioso di me. Non voglio che la mia vita diventi un racconto condito da un "avrei potuto" usato per alzare l'asticella di un ipotetico obiettivo alla mia portata. Non si saprà mai se realmente si sarebbe potuto realizzare. Racconterò quanto ho fatto e non quello che avrei potuto fare!».

In molti si rabbuiarono e replicarono borbottando. Alcuni, sorridendo, risposero: «Touché!» e mi strinsero la mano. Altri mi tolsero il saluto.

Noi siamo il risultato di quello che racconta la nostra storia, anche quella più intima, e non dei tanti progetti rimasti nel cassetto.

Ogni ragazzo, aspirante alpinista, ha il diritto di sognare di diventare il campione delle scalate più difficili. L'importante è che nel frattempo sappia godere di ogni passo sulle montagne che ha scelto, grande o piccolo che sia, e senza soffrire per i propri limiti. Solo così potrà diventare, nel tempo, il gratificante presente di sé stesso.

Ci sono vecchi incattiviti che vivono nel bisogno di apparire, insoddisfatti perché non vengono considerati, e altri che invece provano piacere nel regalare il proprio vissuto con un sorriso che nasce dal cuore, senza imporre confronti, ridendo degli acciacchi degli anni nella consapevolezza che il tutto è niente se non c'è un giovane che lo accoglie.

Eh sì! Siamo stati giovani e stupidi anche noi, come l'Hans che sulle placche più lisce era un mostro di bravura ed eleganza.

Era innamorato di Maria, che non era una ragazza, ma ne parlava sempre con occhi lucidi, sognanti e bramosi. Finché un gior-

no, superato lo Spigolo del Velo, quello che porta alla Cima della Madonna sulle Pale di San Martino, me la presentò, la arrotolò, e grazie a un piccolo fiammifero la illuminò.

Maria iniziò a spargere il suo profumo e Hans, ispirato dal nome della montagna, iniziò a vedere la madre di Gesù come i veggenti di Medjugorje, Lourdes e Fatima messi insieme.

Lui disteso a guardare il cielo e a parlare con la Madonna, io un po' in disparte tra il divertito e il preoccupato, per evitare che le nuvolette della sua amata Maria trascinassero anche me in quell'ascetico momento.

In un continuo «Fedo la Madonna! Afe Maria piena di krazia», mi convinsi che la seconda parte non fosse legata alla preghiera, ma che fosse un compiaciuto ringraziamento alla sua amata.

In un ripetersi di esternazioni estatiche, seguiva una bestemmia ridanciana che andava a introdurre «Che fikata!», per poi, quasi piangente, chiedere scusa alla sua immaginaria interlocutrice per il turpiloquio.

Per alcune ore Hans non fu in grado di scendere e solo all'imbrunire riuscì a mettere un piede davanti all'altro. Le corde doppie furono angoscianti e non fu da meno quando dovemmo arrampicare in discesa. Un ripido ritorno a casa con lui che urlava felice il suo amore per «La Maria», monotona tiritera accompagnata dal coro dei miei divertiti improperi.

C'è un giovane che porto nel cuore più di altri, uno che voleva vivere di alpinismo – senza capire che le rocce, le piccozze e i moschettoni possono portare il mangiare, ma non si possono mangiare –, in uno stile di vita subìto, obbligatoriamente accettato fin dall'infanzia e poi fatto proprio, diventato forza e valore nel gelo di una tenda-casa che lasciava solo per salire montagne ancora più fredde.

Avevamo trasformato il nostro arrampicare e la condivisione di giornate in montagna in un profondo rapporto, quasi padre-figlio, fatto di complicità e reciproco rispetto.

Sembrava indifferente ai sentimenti, coriaceo, ma tratteneva un bisogno di affetto che a volte esplodeva lasciandoti basito, avvolgendoti in una felicità che penetrava lentamente, rimanendoti appiccicata alla pelle per sempre, e anche oggi, quando ci ripenso, me la sento addosso.

Poi andò su una montagna pericolosa che si eleva nel regno dell'aria sottile, lì dove mi aveva chiesto di accompagnarlo. Lui, che non aveva bisogno del pericolo per dimostrare il suo valore, ma solo di grandi difficoltà.

Grandi difficoltà e pericolo, ostacoli completamente diversi.

Certe difficoltà sono superabili da pochi, infilarsi nel pericolo può essere per tutti.

Lui si fece trascinare da chi cercava un pericolo che i più tengono lontano.

Adesso è lassù da qualche parte, chissà esattamente in che punto, sotto metri di neve, ghiaccio e forse pietre, in un luogo silenzioso perché rifiutato da quasi chiunque.

Un mio rimprovero aveva cambiato i nostri piani e per questo motivo i suoi. A causa di un mio opinabile «È sbagliato!», lui seguì quelli di un altro, e un doloroso senso di colpa continua a segnare le mie giornate.

Ci tornai da solo nel regno dell'aria sottile, lì dove sono di casa e dove un vecchio monaco tibetano mi ha insegnato che il vento non può essere catturato dagli uomini.

Guardando montagne di oltre settemila e ottomila metri, lo immaginavo mentre scalava pareti coperte di neve, modellate dal ghiaccio tra affioranti spigoli di roccia accarezzati da nuvole che correvano veloci e mi tornavano alla mente le parole di Fabrizio De André: *«Io mi dico è stato meglio lasciarci, che non esserci mai incontrati».*

Ascoltare

In questo largo camino, gli appigli sono tondi e coperti da una sottile patina di polvere di roccia.

Proseguo a destra su un'ampia parete gialla. Muro apparentemente liscio che riesco a superare saltellando sulla punta degli scarponi. Minimi appoggi, concreti, sufficienti per divertirmi, e dopo un breve strapiombo seguo una fessura che sale a sinistra. La ricordo bene, perché posso incastrarci mani e piedi fino a quando si restringe, costringendomi a cercare appoggi lontani e a divaricare le gambe fino al mio limite.

Le mie mani sono sempre più da impiegato, sempre meno usate, non più consumate, indurite e irrigidite dal continuo scalare, ma ancora stranamente forti.

Un ufficio, una scrivania, computer, azioni ripetitive e sempre uguali, segnate da qualche raro collega che diventa amico. Quadri al muro e fotografie che raccontano un vivere diverso, sempre mio. Illusioni, specchio di un passato reale, ma che sempre passato è.

Appunti con numeri e note, dimenticati e abbandonati perché nessuno li cerca. Fogli Excel ricchi di colori e formule, mescolati con documenti su carte intestate di tutti i tipi. Pochi metri di cammino verso una fotocopiatrice, un monotono andirivieni in un corridoio senza colori.

Una prima vita esclusivamente montana,

tra alpinismo e viaggi alla ricerca di avventura. Chilometri e chilometri macinati consumando le suole delle pedule, su jeep che sfioravano precipizi e aerei che mi portavano in luoghi lontani da casa, quando cercavo un nido diverso dal mondo in cui ero cresciuto. Poi la scelta di diventare padre, con la convinzione che l'accettare di morire per una passione non può essere imposto a chi ha bisogno della tua presenza.

Così ho iniziato una seconda vita, tra lunghe giornate in cui il corpo ha preso la forma di una sedia e la montagna è diventata un po' meno casa, ma sempre amica e rifugio. Luogo di fuga.

Nessun rimpianto, solo qualche nostalgia, appagamento per quello che è stato, senza sentire il bisogno di rinnovarlo.

Ripenso a Leo e al nostro incontro inaspettato al bar, in quel mio continuare a rimproverarlo, di fatto un dimostrargli che non smetterò mai di volergli bene, mentre lui mi ascoltava apparentemente assente.

Quando gli ho detto: «Ero ingenuo, infantile, entusiasta per ogni novità, idealista fino alla stupidità. Oggi, quando mi succede, ora che ho la barba bianca, quando l'ingenuità, l'infantilismo e il mio facile esaltarmi si ripresentano, ho qualche momento di ripensamento, ma poi sorrido perché oggi voglio, e posso, essere libero di farmi trascinare dal chi sono, superando gli ostacoli dell'età, da un'obbligata maturità e dall'essere quel qualcuno che una certa consuetudine mi imporrebbe di essere.

Caro Leo, domani vado su quella parete, verso la cima della mia montagna preferita. A differenza di tanti anni fa, tu non ci sarai, nemmeno nei miei pensieri. Ci vado da solo per ritrovare tutto, che non è un retorico tutti, ma un appagante tutto.

Quando tornerò dalla cima, in qualche

serata un po' alcolica e molto gastronomica, continuerò a raccontare di noi, ricordando quando, in un tardo autunno, siamo saliti su una parete che allora era per pochi. Seicento metri impegnativi, dove abbiamo iniziato a scalare quando il sole era già alto. Rilassati e presuntuosi, dopo una stagione estiva che ci aveva visto salire molto del più difficile.

Sulle soste trascorrevamo il tempo in lunghe chiacchierate, parlando di ragazze e di progetti futuri, cantando, vivendo quella scalata in una esagerata rilassatezza, senza fretta.

Quando abbiamo superato il tratto più difficile, ci siamo accorti che il sole stava salutandoci e così la luce.

Tu volevi bivaccare, io già sapevo che, se l'avessi fatto, qualcuno della mia famiglia avrebbe chiamato il soccorso alpino.

Ho iniziato a correre su quel quinto e sesto grado dove ancora oggi mi chiedo come ho fatto a continuare verso la vetta. Ricordo solo il buio e io che mi aggrappavo sul primo appiglio che trovavo o a volte semplicemente sentivo, mentre i piedi seguivano veloci andando a sostenersi dove non mi preoccupavo di guardare.

Avanzavo con la mente avvolta da un misto di stupidamente eroico, retorico, euforico.

Tra salita e discesa, ne siamo usciti dopo la mezzanotte e, giunti a casa, oltre l'una di notte, abbiamo trovato mia sorella tra l'arrabbiato – al limite del volerci picchiare – e il rasserenato.

Fino a quel momento era disperata, aveva telefonato a parenti e amici per capire cosa fare. Voleva chiamare i soccorsi, ma era bloccata dal non avere la più pallida idea di dove fossimo. Al nostro arrivo, subito, mise una pentola piena d'acqua sul fuoco, dove svuotò mezzo chilo di tortiglioni, cui aggiunse una grande quantità di con-

dimento fatto con ragù, piselli e funghi porcini. Poi se ne andò a letto, ma non dopo averci lanciato un ultimo rimprovero.

Quella cofana di pasta sparì in un battibaleno, e nell'accompagnarla con due bottiglie di merlot ci siamo raccontati, non senza orgoglio, ogni passaggio della scalata, ridendo di quanto ci era successo con evidente vanagloria. Finché ci siamo addormentati abbandonando la testa sul tavolo, e così ci trovarono la mattina.

Leo mi guardava e sorrideva, in qualche maniera il mio racconto ci aveva riportati alla nostra cordata, al salire insieme, nel mio costante dubbio che la nostra amicizia fosse cambiata per quell'ultima scalata senza trovare il coraggio di parlarne.

Continuo a salire e mi diverto.

Un'abbondanza di appigli mi permette di avanzare facilmente.

Tutto attorno le montagne sono spettatrici del mio scalare, ben sedute e comode su un divano di boschi e prati.

Nel giungere a una grande cengia, dove si apre un'ampia nicchia, guardo giù in fondo, a valle, verso un mondo che a volte rifiuto, per poi nuovamente volerlo in un perenne ripetersi tra fughe e ritorni.

Del paese riconosco il tetto della casa del vecchio alpino, quello che durante la Prima guerra mondiale aveva combattuto sulle ripide pareti delle Tofane.

Da bambino, nel passare davanti alla casa di quell'anziano, lo cercavo, ma nel vederlo la testa mi si abbassava per un radicato timore reverenziale, e così il cuore iniziava a battere veloce.

I vecchi di una volta erano più vecchi di quelli di oggi. Non era il viso rugoso o il camminare trascinato, ma quello sguardo pensieroso che spesso raccontava una vita subita.

Per alcuni di loro non esiste una fotografia, e se c'è è sfuocata, mossa o sovraesposta, il più delle volte rovinata dal tempo. Ma lui, io bambino, quando lo chiamavo «signor alpino», mi sorrideva, e attraverso i suoi occhi sembrava che tutto il suo corpo riprendesse vita. Spariva il signore e appariva il giovane soldato che iniziava a raccontarmi di amici e dello schifo della guerra. Non mi ha mai parlato di nemici.

E con lui mi ritornano alla mente un altro anziano signore, Umberto, e la moglie Maria, sua compagna da quasi tutta la vita, anche di scalate.

Entrambi nati nel 1897, si erano sposati nel 1920. Avevano arrampicato con Emilio Comici e Angelo Dibona, alpinisti e guide alpine che nella mia infanzia erano già nel profumo della leggenda. Il primo, Umberto lo descriveva come un dio greco, il secondo lo raccontava come un gentiluomo che, quando arrampicava, anche sul più ver-

ticale, sembrava salisse una facile scalinata che portava al cielo.

La signora Maria, piccola e schiva, aveva le mani deformate dall'artrite ma, come Umberto raccontava con amoroso orgoglio, aveva superato un quinto grado superiore in libera quando lui era stato costretto a essere tirato su a forza dal bravo Comici. Lei abbassava gli occhi, sorrideva e, intimidita, chinava la testa per poi alzare e mostrare le mani da tempo sofferenti.

Venivano ogni estate nell'albergo vicino a casa. Lui vestiva sempre i pantaloni alla zuava così come un giubbottino corto, entrambi di velluto a righe, marrone chiaro. Aveva occhi verdi, luminosi, e i capelli bianchissimi incorniciavano un viso grinzoso, sempre sorridente e rilassato. Lei, un po' più dimessa, indossava un vecchio Dirndl rosa e blu, accompagnato da una sottile collana di perle che poggiava sul petto avvizzito. Aveva occhi azzurri chiarissimi, ipno-

tizzanti, e capelli dei quali si intuiva un passato dal rosso vivace.

Davanti a un aperitivo, in un elegante gesticolare, il signor Umberto, con lo sfondo della montagna che sto salendo ora, raccontava delle loro scalate.

Erano anni lenti, vissuti in un facile pensare e spontaneo ascoltare, quando ogni azione non era un'obbligata immagine e il valore del ricordo era offerto con un semplice narrare.

Il libro

La parete sale diritta, segnata da ampi strapiombi che mi impediscono di vederne la fine.

Ancora un diedro, appigli e appoggi appaiono su questo ennesimo libro aperto di roccia. Mi aiutano ad andare più in alto, fino a un profondo e ripido canale da dove si espande il profumo di muschio che qui e là macchia la roccia.

Arrivo a un camino, premo la schiena sulla parete di destra, mentre su quella opposta le suole aderiscono spinte dalle gambe.

Le mani cercano equilibrio e si sostengono su appigli concreti o inventati, mentre lì, lontano, in fondo, scorgo il sentiero dell'avvicinamento notturno, al suo inizio solo intuibile, protetto dal bosco, poi più marcato nel diradarsi degli alberi. Cicatrice tra verde e ghiaie che si interrompe ai piedi della montagna.

Non dovrebbe mancare molto al passaggio difficile. Se la memoria non mi inganna, è poco sopra, poi sarà tutto più facile, ma ci sono ancora alcune decine di metri in un dominante vuoto.

Tanti piccoli appigli reali, che sono la metafora della mia esistenza, quella desiderata, mi riportano all'ossessione giovanile dello scalare, quando non c'era muro di edificio, albero, scogliera o montagna che non attirasse la mia attenzione. Un modo di vivere che mi ha permesso di affermare: «Io esisto».

Oggi, il mio percorso continua in maniera diversa, perché ho deciso che niente deve essere fine a sé stesso, ma ogni cosa che faccio è conseguenza di un andare chiaro, anche se non definito, dove il mio bisogno di scalare una montagna è talmente importante da esserne geloso.

La calamita

Sono sul culmine di un masso appoggiato, alto e stretto. È in bilico nel vuoto, chissà quand'è franato, squadrato, piano perfetto che offre spazio sufficiente alle suole degli scarponi.

Con la nuca piegata verso la schiena, guardo il dopo e cerco appigli.

«Eccoci qui!» e sorrido, perché ricordo quello che vedo.

Superato questo tratto, la cima sarà più vicina, non veramente vicina, ma se trovo quel chiodo che avevo lasciato, come mi regala la memoria, tutto sarà concreto e un po' più facile.

Ci sarà da faticare, novanta metri quadrati di roccia, tre metri di larghezza e poi altri trenta di altezza, che prima di essere sotto i miei piedi, prima che io possa andare oltre, sono un retorico «da vincere!».

Quando l'arrampicata è esposta, tutto sembra incerto, in un aggrapparsi ad appigli presi in prestito per poco più di un istante. Appigli che nel loro mostrarsi sono un sogno cercato e diventano un'idea che non sempre è la soluzione.

Abbandono la cima del torrione e subito trovo il chiodo, la traccia del mio antico passaggio.

Lì vicino, in una piccola crepa, ne pianto un altro. Lo vedo entrare accompagnato dal suono del metallo picchiato più e più volte. Vibra nell'insinuarsi nel corpo della montagna, sempre più avvolto dalle labbra della vergine fessura che lo accoglie.

Dallo zaino tiro fuori la corda, ipotetica garanzia in caso di una caduta.

Qualche metro più in alto dovrei trovare un altro chiodo, l'ultimo, e poi il salire diventerà più sicuro. L'aveva piantato Gianni e ci si era aggrappato per riposarsi. Dovrebbe essere ancora solido e ben fissato.

Reggendomi con le mani sulla roccia, nella continua ricerca di appigli e appoggi, sento il vento che sale e corre lungo la parete, in un vuoto che è calamita e sembra catturarmi per trascinarmi verso il basso.

Le mani reagiscono, stringono con più forza, e vengo distratto dalle punte degli alberi del mattino che segnano un mare di verde circoscritto da torrioni di roccia e da un torrente. L'ampio canale, concavo e profondo, che nel buio dell'avvicinamento correva a lato del sentiero, appare insignificante nel suo precipitare a valle.

Sussurro un «Ok, vai!».

Trovo un primo appiglio a sinistra, poi un secondo un po' più in alto. Alzo i piedi, ma sono tutto sbilanciato.

Devo distendere il braccio per ritornare al punto di partenza.

Osservo e riparto cercando una piccola asperità, un qualcosa che mi regali un nuovo equilibrio, un aiuto per portarmi vicino a quel vecchio chiodo che, se ancora c'è, mi potrà offrire sicurezza, forse quella definitiva.

Accarezzo con fare ruffiano la parete, con l'intenzione di cercare un'intesa con la montagna perché mi aiuti nell'andare avanti. Montagna che puoi amare, ma che non ha sentimenti, non può averli.

Solo una volta le parlai, convinto di un possibile dialogo. Ero in difficoltà, non riuscivo a salire e tantomeno a ritornare sui miei passi. La chiamai per nome, con una richiesta di aiuto, che mi concedesse un appiglio utile. Ovviamente non arrivò alcuna risposta e nemmeno l'appiglio, così la mia preghiera si trasformò in un «Vaffanculo».

Subito dopo mi arrivò addosso una scarica di sassi e allora, appiattito alla roccia, mi misi a urlare: «Scusa! Scusa! Giuro! Non lo dico più! Non lo dico più!».

Mi sposto un po' a destra, allungo il braccio e trovo un appiglio che non vedo, ma ricordo.

Il vento va a sbattere sulla parete e sale con più forza, mentre la calamita di prima, quella che sembra volermi trascinare giù, appare più potente e condizionante.

Ridiscendo per controllare i due chiodi. Quelli che dovrebbero fermarmi in caso di una caduta.

Un «Dai!» spazientito ad alta voce.

La mano destra trova un nuovo appiglio, piccolo, pochi centimetri di larghezza, molto meno di uno in profondità. Il piede sinistro si sostiene su un impercettibile gradino.

Allungo la gamba, mentre l'altra gioca nel vuoto come fosse l'asta di un funambolo, alla ricerca di equilibrio.

Sono appiattito alla parete con il petto che la tocca grazie al braccio che mi avvicina con forza, strumento collante ancora per poco, perché quell'unico appiglio si trova appena sopra il ginocchio. Troppo in basso.

È faticoso tenersi quando la mano sinistra cerca qualcosa. Difficile, quasi impossibile da raggiungere. Un quasi che è una variabile talmente soggettiva da farlo diventare impraticabile o inaspettatamente facile.

A denti stretti sussurro un gutturale «Porca puttana», nell'inutile ricordare che quel passaggio l'ho già superato tanti anni fa.

Picchiando il pugno sulla parete, segue un aggressivo, spazientito e scandito: «Ma come cazzo ero passato quella volta!?», cercando conforto in un dialogo che non può essere con un compagno di cordata. Io, oggi, esclusivo compagno di me stesso.

Ecco una piccola asperità per la mano sinistra. Butto fuori l'aria, inspiro ed espiro più volte. Il piede destro sta perdendo presa, la mano destra è in libertà perché ho abbandonato l'appiglio, mentre il piede sinistro è nel suo, a me sconosciuto, appoggio.

Mi aggrappo alla parete con il minimo sostegno dell'indice e dell'anulare della mano sinistra. Guardo giù, tre metri ai chiodi, unica àncora di salvezza che mi può mantenere legato alla montagna.

Mi lascio andare e precipito senza allontanarmi dal verticale.

Infiniti centesimi di secondo.

Poco più di un istante che si interrompe quando la mano destra riesce a catturare il cordino che unisce i due chiodi.

Lo strappo è forte.

Ora sono fermo e la mano contratta stringe il cordino. Non vuole mollarlo.

Il cuore batte forte e le ginocchia sono doloranti perché hanno sbattuto nell'aiutare a fermarmi.

Con la testa china appoggiata alla parete e gli occhi chiusi come in un atto di preghiera, provo ad andare via, altrove, per immaginare il volto sorridente di chi attende il mio ritorno.

Lentamente il respiro torna a un ritmo normale, anche quello del cuore.

Dopo un sonoro espirare, riapro gli occhi e mi assicuro stretto a quei due chiodi.

Guardo verso valle, dove le macchine corrono lungo la Provinciale, riga grigia che attraversa boschi, prati e case sparse. Un andare e venire poco disturbante, tranne quando passano quelle maledette motociclette bialbero.

Vedo bene quel mondo orizzontale, dove nessuno ha motivo di cogliere la presenza di un puntino lì in alto, sull'ampia parete, per molti un imbecille alla ricerca di un rischio senza utilità.

Tra tetti di case, prati e boschi, vedo luoghi di antiche amicizie, quando il futuro immaginato appariva presuntuosamente ed esageratamente bello, anche se condito da mille dubbi, ma ora di quei giorni ricordo solo il sole e i sorrisi.

Amici.

Uno è lontano, ormai parte di un mondo fatto di inni e bandiere a stelle e strisce, condito da fucili M4 e tute mimetiche. Un altro, forse il più scanzonato, sicuramente il più buono, se n'è andato troppo presto, nella terra di Don Chisciotte e Sancho Panza, che era diventata la sua casa. Era in quell'età in cui puoi gioire nel guardarti indietro, ma hai ancora tanta vita davanti. Il quarto del gruppo lo vedo e lo sento ancora per un profondo affetto che non si fos-

silizza in un gioioso e spensierato passato che non tornerà più. E poi c'era quel ragazzo che aveva una decina di anni più di me, portava degli eleganti baffi a manubrio, ottocenteschi. Mi aveva insegnato a correre sugli sci da fondo quando invece i miei sogni si incarnavano negli slalom e nelle discese libere di Gustavo Thoeni e della Valanga Azzurra. Erano gli anni dell'eroina e lui la usava. Un giorno entrò in comunità e dopo qualche anno ne uscì, felice e libero, ritrovando gli amici che aveva lasciato, tutti e qualcuno di troppo. Tanto debole quanto forte, un giorno preferì andarsene buttandosi da un alto ponte.

In quel tempo ormai lontano ognuno di noi aveva dei sogni, io volevo scalare montagne, quelle più alte, ambivo a ripercorrere i passi dei grandi alpinisti, nutrendomi delle riflessioni di Walter Bonatti, dell'ironia di Gaston Rébuffat e di René Desmaison, ammirando la teatralità di Cesare Maestri, indagando la ricerca di Alessandro Gogna e rincorrendo l'andare sempre oltre di Reinhold Messner. Ma quello che avevo più nel cuore, e che più mi aveva segnato, era stato Mike Hoover con il suo cortometraggio, Solo. *L'avevo visto alla fine degli anni Settanta durante una piccola rassegna cinematografica. In poco più di quindici minuti di film, capii quale avrebbe dovuto essere il mio modo di andare in montagna e lo stile con cui realizzare i miei sogni da alpinista. In particolare in quella scena dove, su una parete strapiombante, il protagonista trova una minuscola rana che con attenzione infila nella tasca della camicia, per poi liberarla vicino a un piccolo ruscello lungo la via di casa.*

Nel guardare verso l'alto, mi accorgo che il cielo non è più una distesa di azzurro, perché nuvole grigie cominciano a galleggiare sopra alla mia montagna e alle cime che le stanno attorno.

Nuovamente verifico i due chiodi piantati nella parete. Li strattono in ogni direzione e con forza li batto con il martello, ancora.

Devo riuscire a passare. Andare oltre.

Riutilizzo gli appigli di prima e guardo meglio gli appoggi.

Tutto il corpo si alza e finalmente individuo il vecchio chiodo. È un paio di metri sopra di me.

Lo raggiungo con la mano sinistra e ci infilo un moschettone.

Sono nuovamente al limite, il mio, con la sensazione di salire come un principiante tra movimenti troppo pensati, dove l'istinto sembra improvvisamente scomparso.

Con la mano destra mi aggrappo al moschettone. Sono in sicurezza, ma non è finita.

Il limite di oggi non è quello di ieri o quello che sarà domani. Nessuno sa concretamente quale sia il reale confine che indica ciò che ci è concesso in un preciso istante.

Nei primi anni non ero particolarmente bravo a piantare i chiodi da roccia o a incastrare i nut, quei nuovi aggeggi che arrivavano dalla Yosemite Valley in California. Spesso li mettevo in velocità, sollecitato da un compagno di cordata che vedeva un rischio che non percepivo. Il più delle volte la ritenevo una fatica inutile, energia rubata al progredire.

Il tempo e qualche vecchio alpinista mi hanno insegnato quell'arte, il cercare sicurezza tra gli spazi lasciati dalla montagna, arginando il rischio, ma senza esagerare, nel rispetto delle mie capacità.

Alzo lo sguardo e strizzo gli occhi per focalizzare meglio i passi successivi. Stendo un braccio, provo ad attaccarmi su una piccola sporgenza e cerco un appoggio per il piede destro, per allungarmi, andare più su e vedere meglio.

Davanti a me un mondo di appigli, piccoli, gli stessi che un tempo erano sufficientemente grandi da regalarmi una tronfia sicurezza, ma ora accosto il mento al petto. È rinuncia.

Come quando condizioni meteorologiche segnate da pioggia, improvvise bufere e tanta neve che alimentava slavine mi avevano costretto ad abbandonare la scalata di una cima alta settemila metri tra Tibet e Nepal.

Perché la paura deve essere strumento e non limite, utile per avere rispetto di te stesso e di quello che stai facendo.

Deluso, ma felice di essere lontano dai pericoli, durante il ritorno, lì dove finisce il ghiacciaio e inizia la giungla, incontrai una sorridente famiglia del Colorado che risaliva la valle. Papà, mamma e due ragazzini con i capelli rossi lisci e i visi pieni di lentiggini.

Quel papà sorridente mi chiese da dove provenivo e spiegai la rinuncia a quella grande montagna nepalese, ormai distante, che stava alle mie spalle.

L'uomo si presentò dicendo che stava risalendo la valle per affrontare una parete difficile e lasciare un indelebile e storico segno nel mondo delle scalate.

Gli spiegai che le condizioni delle montagne non erano tra le migliori e di prestare attenzione.

Lui alzò le spalle, non sarebbe stato un meteo sfavorevole a fermarlo e io: «Sei uno forte! Leggeremo presto di te sui giornali!».

Con il pollice alzato, guardandomi fisso negli occhi, mi disse: «Mi sto preparando per fare una scalata incredibile, impossibile, per spiegare ai miei figli che non ci si arrende mai. Se morirò, capiranno che il loro padre non era un debole, un vigliacco. Mai fermarsi, mai arrendersi. Io, per loro, voglio rappresentare il meglio che può esserci nel mondo, diventare un simbolo, un eroe». Peace and love!

La sua bella e giovane moglie mi sorrise. Il più piccolo dei due figli abbracciò stretto il padre. Forse lo aveva fatto per difenderlo da me, o forse da sé stesso.

Morire in montagna ti fa diventare un eroe? No.

Noi alpinisti scegliamo di avventurarci in un luogo che può essere pericoloso.

Ma eroe è chi rischia in favore di un estraneo che necessita aiuto, conscio di poter rinunciare alla propria vita, mentre gli alpinisti in genere muoiono per appagare un loro bisogno, a volte egoistico.

Era fine agosto e la giornata volgeva alla sera. Si venne a sapere che due alpinisti erano rimasti feriti lungo una difficile e pericolosa parete nord di una montagna che ancora oggi regala continue scariche di rocce e sabbia.

Infatti, li aveva colpiti una frana.

Subito un elicottero del soccorso provò a recuperarli, ma la foschia e la nebbia non lo permisero.

Allora partirono in quattro percorrendo la via normale, quella che segnava il versante opposto al luogo dell'incidente. L'obiettivo era raggiungere la vetta e tentare il recupero dei due feriti dall'alto. Alberto e Aldo erano tra loro.

Senza successo, l'elicottero continuava a tentare di avvicinarsi ai due.

Altri quattro partirono in supporto della prima squadra, seguendo sempre le tracce della via normale. Era notte e avanzavano alla luce della pila frontale. Milleduecento metri di dislivello saliti veloci, con la volontà di arrivare in tempo per aiutare chi era in difficoltà, ma un violentissimo temporale li bloccò per quasi tre ore poco sotto la cima.

Riparati da un anfratto roccioso, non cedettero né alla fatica, né al pericolo.

Terminato il temporale, ripartirono decisi e, una volta in vetta, Alberto e Aldo iniziarono a calarsi per arrivare ai due feriti che si trovavano un centinaio di metri più sotto. Erano le quattro e trentacinque del mattino.

Poco dopo le cinque, allo scandire dei campanili della valle, si sentì un tremendo rumore provenire dalla montagna. Un crollo.

Alberto e Aldo precipitarono per oltre settecento metri, trascinati da una grande massa di roccia.

Tutti i loro amici volevano correre alla base della parete per cercarne i corpi. Furono fermati dal padre di Alberto.

Su quella parete, quel giorno, si contarono trentanove scariche di roccia e ghiaia.

I due alpinisti, bloccati dal giorno prima sulla parete, vennero recuperati dall'elicottero.

Era il 2 settembre quando i compagni del Soccorso Alpino poterono raggiungere i corpi straziati di Alberto e Aldo, come loro volontari che, coscienti del pericolo, avevano raccolto l'allarme ed erano partiti verso quella montagna senza convenienze o opportunismi.

Aiutare chi è in difficoltà, tanto basta per mettersi in moto e rischiare la vita.

Questi sono gli unici alpinisti che possiamo riconoscere come eroi. Uno non lo è per il solo motivo di essere morto su una montagna che alcuni, stupidamente, definiscono assassina. La montagna non ride e non piange.

Sognare

La mano destra è aggrappata al moschettone e ancora una volta tendo le gambe per sporgermi e vedere meglio, alla ricerca di appigli e della giusta direzione.

«Se l'orizzonte è vicino, corri cercando il tuo sole e non pensare che nell'uomo c'è un limite, perché ogni limite è voluto dall'uomo.» Una mia riflessione che avevo scritto prima di un'importante partenza verso una montagna tanto alta e molto più lontana. Adesso, come altre volte, me la ripeto a mente.

Abbandono la presa sul moschettone e ricomincio a salire.

Il chiodo, l'ultimo, è lì sotto, e poco sopra vedo gli appigli che servono, ma non sono più per me.

Immerso nel capire i movimenti da compiere, mi trovo in un superfluo, perché teorico, sapere cosa fare.

Ammettere, accettare, non puoi cambiare il tuo tempo e la tua storia. Non è l'età, è il chi realmente sei. Appagante è il saperci convivere reinventandoti, guardandoti attorno per cambiare, cercando un'opportunità in quello che non si conosce, per farlo diventare proprio e avere di più dalla vita.

Alla mia destra c'è l'inizio di un lungo e possibile traverso. Roccia appoggiata in un mondo avvolto dal solito vuoto dominante.

Sotto i miei piedi, centinaia e centinaia di metri di niente, dove fluttuano due gracchi, uccelli dal becco giallo e il piumaggio nero e lucido. Mi osservano, e poi volano via sfruttando le correnti ascensionali senza sbattere le ali. Vanno lontano tra planate e picchiate.

Uno mi si avvicina, un altro, poco più lontano, emette un *kyorr* molto rauco, il suo verso d'allarme.

Si avvisano che c'è un umano disturbante attaccato alla montagna.

Uno, più lontano, emette un acuto e penetrante *ziiii* che riecheggia con tonalità quasi elettrica, poi galleggia nell'aria prima di lasciarsi andare e scendere di quota, in picchiata come il gabbiano Jonathan Livingston delle mie letture giovanili: «Lui si sentiva vivo come non mai, e fremente di gioia, fiero di aver domato la paura. Poi, senza indugio alcuno, si attillò le ali al corpo, protendendo solo i sòmmoli angolati, e si scagliò dall'alto a capofitto. Percorsi circa trecento metri, aveva già raggiunto la velocità-limite: il vento adesso era una solida barriera pulsante, da sfondare, non poteva darci dentro più forte. Stava volando a perpendicolo a ben duecento e quattordici miglia all'ora. Deglutì. Se gli si spalancano le ali, addio, di lui non rimarrà che un milione di pezzetti di gabbiano. Ma la velocità era potenza, era gioia, era bellezza».

Quante volte, nel mio arrampicare, ho avuto l'istinto di seguire questi uccelli nel loro volo. Guardandoli, percepivo un senso di libertà che andava oltre quello conquistato salendo le montagne.

La libertà non può essere completa quando sei costretto a stare aggrappato a qualcosa.

Non posso più avanzare diritto, devo rinunciare, non alla meta, ma al percorso, così ridiscendo ai due chiodi, recupero lo zaino per poi risalire la corda fino al chiodo, ultima e unica sicurezza prima di raggiungere il traverso, quello fattibile. La strada che mi è concessa.

Non mi è possibile ridiscendere in corda doppia alla base della montagna. La roccia non è solida e ho pochi chiodi a mia disposizione.

Dalla strada giunge il tipico strombazzare di un pullman Granturismo. Fastidioso richiamo che mi riporta alla realtà, al «chi sono» e al «da dove vengo».

Nuvole scure, grigie, quasi nere hanno avvolto la montagna, fino a quando inizia a piovere. Poi un fulmine vicino, un lampo accompagnato da un colpo secco che illumina tutto per un lungo istante. Altri, in lontananza, sono seguiti da un rombo basso e prolungato.

Cerco riparo allontanandomi dai due chiodi ai quali ho attaccato lo zaino insieme a moschettoni, martello e altro di metallico.

Pochi metri fino a una piccola nicchia,

sufficiente per raccogliermi come un nascituro nel ventre materno.

Appoggio la testa alla volta e involontariamente chiudo gli occhi. Mi addormento.

Mi ritrovo sulle sponde di un lago ghiacciato che sta alla base di una montagna quasi completamente bianca. Poi, improvvisamente, sono all'interno di una piccola tenda sbattuta dal vento e sento giungere il canto di una voce chiara e agile, a tratti virtuosa.

Le raffiche mi impediscono di capire, ma poi le parole si fanno più distinte: «Lascialo andare per le sue montagne».

Apro la tenda e infilo la testa in un turbinio di neve. Volgo lo sguardo a destra e vedo qualcosa o qualcuno.

Giù a valle, lontano, c'è il lago ghiacciato dove mi trovavo prima.

Il canto arriva da un uomo seduto su una vecchia sedia di legno, di quelle con la seduta di paglia, ma il vento e la fitta neve ghiacciata mi impediscono di capire chi è.

Vado verso di lui che intona: «Copri col bianco soffice mantello».

Quando gli sono vicino si interrompe, mi guarda con un sorriso che non ho mai dimenticato e mi dice: «Ci hai messo trent'anni per arrivare!», facendo seguire la sua inconfondibile risata, composta e cristallina.

«Ciao, Luigi. Tu sai che volevo venire subito in tuo soccorso!» e provo la stessa impotenza di molti anni fa «ma era solo una mia illusione. Settemila chilometri ci dividevano e altri mi hanno fermato.»

Un bellissimo cielo azzurro, velato da nuvole che corrono velocissime, fa da sfondo alla cresta della montagna che sta di fronte a noi.

Guardo il suo volto, un tempo lui era molto più vecchio di me. Era stato un silenzioso e pregnante maestro.

«Adesso io sono più vecchio di te. Tu sei rimasto ai tuoi quarantacinque anni» gli dico con fare ironico. «Ho la barba bianca, ora posso esserti fratello maggiore», ma poi ritorno al giorno in cui mi giunse la notizia della sua morte. «Raccontami, non ho mai accettato quella slavina.»

All'epoca mi ero arrabbiato, aveva montato la tenda in un posto sbagliato, ma giudicare dal divano è pratica diffusa.

Stanchi, dopo ore e ore di scalata e di imprevisti, a volte si è poco lucidi per riuscire a compiere tutte le azioni in maniera corretta.

Mi guarda con la testa che si china verso la spalla. «È successo. Questa è la montagna e io sto bene qui.» Poi, guardando verso l'alto, prosegue: «Ogni tanto scende una nuova valanga pesante di neve, ma mi limito a guardarla passare e precipitare a valle godendomi il panorama. Qui c'è tutto quello che ho sempre desiderato. Chi mi ha voluto bene lo sa».

Sento il bisogno di dirgli: «Dopo che non sei più tornato, sono andato con il Bruno da tua mamma. Lasciava sempre la porta aperta. Era convinta di rivederti».

Mi guarda e sorride. «Adesso anche lei è qui con me.»

Dall'alto giunge un rumore assordante. Una grande nuvola bianca, piena, precipita verso di noi. Il mio amico sorride. Mi saluta come quella volta a settemila metri, quando una fragorosa slavina ci aveva sfiorato mentre lui si era fermato in una tendina e io, con un po' di senso di colpa, avevo proseguito, da solo, verso l'alto.

Mi sveglio di soprassalto. Il sogno se n'è andato, ma mi ha lasciato un senso di angoscia.

Alla mia sinistra vedo una frana. Rocce, sassi e terra che stanno terminando il loro rovinare a valle.

La pioggia continua, severa, e un fiume d'acqua perpendicolare mi scorre accanto, forma cascate che, raggiunti gli strapiombi, si disperdono nell'aria o precipitano e rimbalzano dove il verticale si interrompe, per poi riprendere il cammino verso un lontano pianeggiante.

Ripenso al sogno, a Luigi, un amico che non c'è più e che mi manca, come Gianni.

Leo è vivo, mi manca anche lui.

Tira su il mento!

La pioggia non smette di cadere. Le mie braccia continuano a stringere le gambe al petto e il mento sta appoggiato alle ginocchia.

Guardo con curiosità le cascate d'acqua che, sempre più ampie e pesanti, fanno precipitare sassi strappati alla parete.

Salire in montagna è anche questo, e chi ama viverla la vuole pure così. È un godimento con il sole, ma è nel totale delle difficoltà che viviamo l'avventura che cerchiamo, permettendoci di colorarne i racconti.

L'attesa segna il tempo delle giornate, offrendo spazio alle nostre capacità di gestire le fasi negative. Ho imparato ad accettarla (e viverla) praticando l'alpinismo, affrontando situazioni critiche. Spazi di tempo nei quali ho colto opportunità, costruendomi nuove motivazioni. Luoghi di riflessione che possono portare a un positivo oltre.

Stavo attraversando un periodo difficile, passando le giornate avvolto da uno stato d'animo in cui avevo l'impressione che tutto, continuamente, mi stesse crollando addosso. Non trovavo appigli per uscire da quel metaforico burrone in cui ero sprofondato, vivendolo in un continuo precipitare. Un senza fine dove tutto appariva impossibile da risolvere.

Prima di quel momento la mia esistenza era caratterizzata dal costante obbligo di crearmi obiettivi, ritenendo che in certe cruciali situazioni bisognasse chiudere gli occhi, trattenere il respiro e lanciarsi andando velocemente oltre, non accettando cadute.

Percepivo l'attesa come un'inutile imposizione, la evitavo riempiendo tutti i centesimi di secondo delle mie giornate. Il dare spazio al mero pensare doveva essere sempre accompagnato da qualcosa di tangibile, un'azione visibile. Vivevo le pause come intralci dai quali togliersi d'impaccio il prima possibile.

Abitavo nell'ansia della mancanza di tempo, di non avere obiettivi producendone troppi, che a volte gestivo male nel loro rincorrersi e sovrapporsi, fino a quando, negli accadimenti della vita, il dover aspettare diventò obbligatorio, trovandomi in una metaforica sala d'attesa dove non giungevano chiamate.

In completa solitudine iniziai a partire verso le montagne, spesso senza dire dove andavo e senza cercare un'appagante giornata di alpinismo.

Uno dei miei più cari amici era morto sul Makalu, il «Grande Nero» dell'Himalaya. David, l'amico del «Chin up!», «Tira su il mento!», così lo avevo soprannominato, per questa frase che infilava continuamente nei fax quotidiani che mi spediva dalla terra di Jack London e del quale usava gli aforismi.

«"The proper function of man is to live, not to exist!" Use your time!» mi ripeteva.

«"La funzione propria dell'uomo è vivere, non esistere!" Usa il tuo tempo!»

Una notte partii alla ricerca del verticale, quello difficile, ricoperto dalla severa patina dell'inverno, e solo per abitudine misi nello zaino l'imbragatura, la corda, qualche chiodo, i ramponi e due piccozze. Niente da mangiare o da bere, anche il casco rimase a casa.

Un viaggio in macchina accompagnato da muri bianchi, mentre il cervello macinava angosce, delusioni e frustrazioni, senza trovare uno spiraglio positivo. A destra e a sinistra pareti di neve compressa dallo spazzaneve, illuminate dai fari della mia macchina che parcheggiai su un misero spazio ghiacciato. Da lì mi incamminai e la lampada frontale mi mostrò profonde tracce di scarponi all'imbocco del sentiero estivo. Si interrompevano dopo pochi passi.

Affondavo nella neve fino alla pancia, avanzavo tirandomi fuori a fatica, imprecando tra alti abeti decorati da cristalli di ghiaccio. Brillavano quando venivano colpiti dalla mia luce.

Nel buio attraversavo luoghi conosciuti, passando sotto pareti che avevo affrontato e scalato, dalle quali precipitavano slavine che non vedevo, ma ne sentivo il fragore nel loro scatenarsi e il fruscio nel terminare.

Giunsi alla base di un primo spigolo, poi andai oltre un pilastro e ancora uno spigolo, finché mi fermai dove una specie di cono di neve indicava la via di salita che avevo scelto e sul cui culmine attesi l'alba.

Trascorsi il tempo a osservare le colate di ghiaccio che pendevano minacciose sopra la mia testa.

La roccia grigia e gelata era decorata da macchie di neve e ghiaccio, creando bassorilievi dalle affascinanti forme sulle quali mi soffermavo con sguardo indagatore. Mi trovavo in uno spazio esclusivo, alla ricerca di un esasperato lontano da tutto e da tutti.

Alle prime luci del mattino, quando rare nuvole correvano basse sfiorando la metà delle montagne, scalai un alto camino e subito mi si gelarono le mani.

Arrivai a una grande cengia colma di neve e proseguii aggrappandomi ad appigli scivolosi dove le punte degli scarponi persero più volte l'appoggio.

Nel pericolo cercavo una giustificazione. Una tragica conseguenza naturale al mio scalare che, io alpinista, poteva essere accettata da tutti.

D'inverno le montagne sono più vive, silenziosamente severe, non cattive, perché non lo sono mai, non possono esserlo, ma l'umana comunità tende a starne distante, ne ha paura.

In un susseguirsi di camini, cenge e qualche traverso, raggiunsi lo spigolo che nell'attenuarsi del verticale mi avrebbe portato a una cima ancora molto distante.

Vidi un chiodo e sentii il bisogno di attaccarci un moschettone legato a un lungo cordino che assicurai all'imbragatura. Ricerca di una protezione fino a quel momento rifiutata.

Stavo guardandomi attorno, quando dall'alto sentii provenire un fruscio, come pesante sabbia del deserto trasportata dal vento, che si trasformò in un rumore violento, simile all'improvviso squarciarsi di uno spesso pezzo di cartone. Mi arrivaro-

no addosso neve, ghiaccio e sassi che mi strapparono da dove stavo e rimasi appeso nel vuoto come un condannato al patibolo.

Il lungo cordino mi aveva trattenuto, il vecchio chiodo mi aveva salvato. Solo una pietra mi aveva ferito la mano.

Mi arrampicai fino al chiodo, e quando lo raggiunsi mi salì un impellente bisogno di casa, ma la cima era lontana e anche il ritorno alla base lo era.

Partito per andarmene per sempre, sentii il bisogno di stare nei luoghi da cui ero fuggito.

Rimasi attaccato a quell'ancoraggio e aggiunsi altri due chiodi con l'intento di rendere sicuro il bivacco che mi avrebbe ospitato in maniera poco confortevole. Oltre agli indumenti che portavo addosso, non avevo niente per ripararmi. Fame e sete, bisogno di mangiare e bere, anche per quello dovevo aspettare.

Attendere, scrive la Treccani, «rivolger l'animo a, ascoltare attentamente, rivolgere l'attenzione, dedicarsi, applicarsi, badare a qualche cosa».

Badare a qualche cosa, a me stesso.

Appoggiato su meno di un metro quadrato di quella grande montagna, incastrato con le spalle tra roccia e ghiaccio, il poco che in quel momento era tutto divenne più utile di un morbido e rilassante lettino di uno psicanalista.

Durante la notte nevicò, poi si alzò un forte vento che si placò con il giungere dell'alba, fino a quando vidi montagne che conoscevo bene, colorate da un rosso caldo nella cornice di un algido blu tra sfumature di viola e rosa.

Gomiti e ginocchia sembravano ingranaggi senza olio e le mani e i piedi erano sofferenti dopo una notte che mi aveva visto impegnato nel cercare di non congelare.

Mi calai in corda doppia, ancorato e sostenuto da quel chiodo che mi aveva salvato la vita.

Tornai sulle cenge innevate che avevo percorso il giorno prima, poi ancora corde doppie, finché finirono i pochi chiodi che avevo con me, obbligandomi a scendere arrampicando sulla roccia fredda, ghiacciata, o trattenendo il respiro nel procedere nella neve inconsistente.

Rividi il cono formato dallo scarico delle slavine, punto di partenza trasformato in traguardo. Era ancora lontano.

Un passo cauto, poi distesi lentamente il braccio, ma lo scarpone perse la presa sulla roccia ghiacciata e le mani non riuscirono a tenermi.

Precipitai, piombando rovinosamente sul cono da dove iniziai a scivolare come su uno slittino, fino a infilarmi in un cumulo di morbida neve.

Sentivo solo il rumore delle mie narici che

cercavano ossigeno e il rimbalzare di qualche pezzo di ghiaccio che aveva seguito la mia caduta.

Rimasi una buona mezz'ora a guardare verso l'alto, a chiudere e riaprire gli occhi, a darmi dello stupido, anche a ridere.

Disidratato e sfinito, iniziai la discesa. Un calvario nella neve alta e soffice, tra nuvole basse che si infilavano tra la montagna e i boschi, onirico mondo che non voleva svelarsi.

Finché, nel voltarmi indietro, vidi che le nuvole ormai erano alte, lontane, e la grande parete era ancora lì, dove era sempre stata.

«Niente è più segreto di un'esistenza femminile» diceva Marguerite Yourcenar, e la montagna è femmina, così come lo sono la cima, la vetta, e pure la parete che sale verso di loro. Mai niente è stato e verrà completamente e veramente svelato di quel che è stato vissuto su di lei.

Capii che la montagna, ancora una volta, nel suo silenzio e nella sua elementare seve-

rità, mi aveva accompagnato dove era giusto andare con il mento alto. «Chin up!»

Eh, sì! Il David del «Chin up!». Un bel giorno mi aveva proposto due opzioni, la Slesse Mountain scalando il Contrafforte Nord-Est, oppure la Cresta Nord-Est della Bugaboo Spire. Scelsi la seconda, perché mi affascinava il nome della montagna. Era originale, mi divertiva l'idea di raccontare agli amici di aver salito una montagna con un nome da cartoni animati o da formula magica di un mago da fiera paesana: «Bugaboo, bugaboo, bugaboo, appare il coniglio e sparisci tu!».

Sorridevo ripensando a certi tragici nomi che avevo lasciato in Italia. Monte Disgrazia, Punta della Disperazione e Cresta degli Invalidi, il cui nome non è proprio un invito alla salita.

Partiti in aereo da San Francisco, raggiungemmo Spokane nello Stato di Washington, dove ci aspettava un amico di David, Peter, un alpinista di Calgary che, dopo una forte stretta di mano, ci portò con la sua jeep a Parson, nel British Columbia, un semplice punto sulla Highway 95, e poi fino al parcheggio da dove inizia l'avvicinamento alla montagna.

Zaino in spalla, superammo il rifugio Kain, punto di partenza per escursioni e scalate sulle cime che stavano lì attorno. Ci sistemammo in una tenda ai piedi della nostra montagna.

All'imbrunire, David sparì nel buio e Peter, nel passarmi una birra, se ne uscì con: «Io sono gay».

Sbarrai gli occhi.

Mi veniva uno spontaneo: E chi se ne frega!, ma avevo paura di sbagliare, volevo rispondere in maniera intelligente, emancipata.

Alcuni anni prima, avevo conosciuto Massimo Consoli, uno dei fondatori del movimento gay italiano. Ero rimasto affascinato dalla sua cultura e dalla sua razio-

nalità, e speravo che il suo ricordo e le nostre passate conversazioni mi illuminassero regalandomi una risposta adeguata.

Il tempo passava. La pausa, anche se fatta della somma di pochi secondi, stava diventando troppo lunga.

Mi lanciai con una battuta spiritosa: «Anch'io sono gay, solo che mi piacciono le donne!».

Mi guardò perplesso, ma al mio sorridere, anche gli angoli delle sue labbra iniziarono a salire verso l'alto.

Aspettava altro, capii che non poteva concludersi così, non potevo fermarmi con quella stupida battuta.

Ero in difficoltà, il mio bisogno di apparire mentalmente aperto era in conflitto con un'infinita quantità di abitudini lessicali, preconcetti sedimentati, fatti di frasi fatte e non di convinzioni.

Non si poteva parlare di appigli, spigoli o strapiombi?

Era evidente che Peter si stava divertendo a giocare al «gatto con il topo», e il sottoscritto, il topo, si stava dimostrando particolarmente imbranato. Di sicuro lui percepiva il mio impegno nel voler mostrarmi più evoluto di quello che realmente fossi, ma le mie pause erano più devastanti di eventuali parole sbagliate. Se ne stava in silenzio guardandomi con un mezzo sorriso.

Mi stava prendendo in giro?

Ripresi: «Siamo qui per scalare insieme una bella montagna con un nome da cartoni animati. Arriveremo in cima e ci stringeremo la mano, ci abbracceremo e batteremo le nostre mani sulla schiena dell'altro. Non ti bacerò, forse ti palperò il culo!» e, chiudendo gli occhi, conclusi: «Adesso va' a farti fottere, dammi quella birra e parliamo di montagna!».

Ma dopo l'imbarazzo iniziale, ebbi come un risveglio, un buttare giù un muro, così mi avvicinai a Peter e, dopo averlo invita-

to a farmi spazio, mi andai a sedere sullo stesso masso. E ricominciai convinto. «Ti ripeto, non me ne frega niente. Siamo qui per scalare insieme, la cordata unisce, perché la corda è parte di entrambi, e chi se ne frega se ami un uomo o una donna. Qui siamo uno nelle mani dell'altro. Scalare è anche questo. Il bello di questi luoghi senza vita è che non giudicano e possiamo goderne senza se e senza ma, sono semplicemente quello che vediamo.»

Preso da una liberatoria euforia, che mi portò a sembrare un invasato, iniziai a predicare al mondo e a me stesso alzando la voce: «Ammetto che in quello che ti ho detto prima c'è tanto della mia ignoranza, ma sono convinto che tutti abbiamo bisogno degli altri, sempre, anche quando non lo ammettiamo. Pensiamo a John Lennon, alla sua Imagine, *a un mondo senza confini, qualsiasi essi siano. Nel tempo mi sono convinto che l'umanità intera avrà raggiunto il suo apice quando avrà eliminato le etichette, così non ci sarà bisogno di locali gay, ma solo locali, quando non ci saranno contrapposizioni o diseguaglianze per etnia, disabilità, orientamento sessuale, religione e chissà cos'altro, perché c'è chi cerca sempre un potenziale nemico, o almeno qualcuno da denigrare».*

Feci una pausa per tornare a dove eravamo partiti.

«E in quell'apice, se mai arriverà, nessuno sentirà il bisogno di presentarsi, dicendo di essere gay.

«Tu sei un bravo alpinista, così mi ha detto David, e questo è importante per la scalata di domani. So che una volta arrivati in cima ci sarà gioia e anche affetto per quello che avremo condiviso, perché ogni scalata è speciale, e questa l'avrò vissuta con te e David, indipendentemente da quello che hai voluto dirmi.»

Partimmo alle due del mattino nel buio più completo.

Risalimmo un campo di neve fino alla base della cresta.

La prima parte della salita la percorremmo senza fare cordata, così alle cinque avevamo già superato il facile tratto iniziale.

Cominciarono le difficoltà, ma l'arrampicata risultò piacevole, tra fessure, scaglie, traversi, buone maniglie e spigoli vivi.

Ogni tanto mi fermavo per ammirare il paesaggio segnato da leggere e soffici nuvole che continuavano a galleggiare attorno e sotto la nostra montagna. Guardavo David e Peter arrampicare veloci, a volte ci scambiavamo qualche battuta e qualche consiglio per superare i passaggi più complicati.

Arrivammo in cima all'ora di pranzo di una giornata spettacolare, dove il contrasto tra un cielo quasi blu, gli estesi bianchissimi ghiacciai e l'affiorante roccia grigia delle montagne furono la cornice perfetta di un crescere di emozioni.

Quel momento vide tre alpinisti felici, abbracciati. E così, guardando Peter, mi venne alla mente una frase liberatoria, una riflessione di David Leavitt: «Love blossoms between people, not between sexes. Why set limits?», «L'amore sboccia tra persone, non tra sessi. Perché porsi dei limiti?» e la urlai a Peter.

David si voltò, guardandomi con fare interrogativo.

Finché ci raggiunse una coppia, lui assomigliava a Tom Selleck, lei la classica biondina americana con occhi azzurri da farmi perdere la testa.

Il mio nuovo amico canadese apprezzò la prestanza e il sorriso del finto Tom Selleck, mentre io ero ipnotizzato dalla sua compagna di cordata, felice ed eccitata per la cima raggiunta. Fino a quando i nostri sguardi si incrociarono e scoppiammo in una risata accompagnata da un sonoro «Give me five!» sotto lo sguardo sempre più incuriosito di David.

Al ritorno, il mio amico del «Chin up!» mi regalò Fifty Classic Climbs of North America, *una selezione di cinquanta scalate dall'Alaska alla California. C'era anche il Bugaboo Spire, e su quella pagina scrissi un semplice e indelebile: «Con Peter e David».*

La fuga

La pioggia se n'è andata, improvvisamente.

Le nuvole corrono spinte da un vento di tramontana e il cielo ricomincia a colorarsi di un azzurro quasi blu.

La montagna è fradicia. Grosse gocce d'acqua aggrappate alla roccia, ora più scura, riflettono i raggi del sole.

Proseguo iniziando il traverso del quale vedo un lungo e facile tratto.

Gli appigli sono grandi e solidi, gli appoggi sono ampi. La roccia, bagnata ma porosa, mi permette un avanzare sicuro. A volte nemmeno mi aggrappo, mi limito ad appoggiare la mano per mantenere l'equilibrio.

È un camminare veloce e divertente, via di fuga in un apparente, amichevole ignoto.

E Leo ritorna, prepotente, nei miei pensieri, nei miei dubbi. La mia mente ripensa alla nostra amicizia, alle mie parole in quel bar, del quale mi è rimasto il mescolarsi del fumo delle sigarette, l'odore di bosco e sudore dei cacciatori e il profumo di caffè.

Io che ho detto: «Domani vado su quella parete, verso la cima della mia montagna preferita. Caro Leo, a differenza di tanti anni fa, tu non ci sarai, nemmeno nei miei pensieri».

E invece no, Leo è sempre qui.

Il mio torrente di parole era ritornato alla nostra ultima scalata, per quel bisogno di svelare cosa fosse accaduto tra noi, fino a quando, fattomi coraggio e guardandolo fisso negli occhi, gli dissi: «A un certo punto ho pensato che il tuo allontanarti fosse dipeso da quell'ultima corda doppia. I chiodi li avevo piantati io sull'unico punto possibile, una fessura orizzontale. Un ancoraggio precario, debole, imperfetto, e stranamente tu, che ogni volta sistemavi i miei punti di sosta tra chiodi, nut e cordini applicando inossidabili teorie della fisica, quella volta non hai detto niente, non hai fatto niente. Tu che mi avevi accompagnato in quella nuova ascensione per le mie insistenze, portandoti Algoritmi e strutture dei dati, *un libro che dovevi studiare per un esame universitario.*

«Una scalata durante la quale ho pensato di poter morire annegato quando, incastrato in quello stretto camino, l'acqua iniziò a venire giù come se qualcuno avesse aperto le condotte di una diga, ma riuscii a scendere e a raggiungerti in sosta, da dove

iniziammo a fuggire, fino quell'ultima maledetta corda doppia.

«Conscio del rischio e delle responsabilità, mi sono calato per primo, cauto, lentamente, la corda si tendeva, nemmeno respiravo nel ridicolo tentativo di non far sentire il mio peso a quei due precari chiodi.

«Così arrivai alla base della montagna e, felice, rimasi in attesa della tua discesa per porre fine a un sommarsi di rischi tra pioggia e grandine che non avremmo potuto prevedere.

«Ti vidi uscire dalla sosta, proteso nel vuoto, io decine di metri più in basso, quando iniziasti a saltare. Giocavi, spingendo con i piedi sulla roccia e lasciandoti andare nel vuoto come i commando cinematografici, ma possono scendere così solo nei film, perché lì gli ancoraggi sostengono un elefante.

«"Ma che cazzo stai fac..." non riuscii a finire la frase. I due chiodi saltarono fuori e ti vidi cadere a testa in giù.

«Fortunatamente la tua schiena venne protetta dallo zaino e su quello rimbalzasti sulle rocce.

«Impotente, ti vidi precipitare.

«Atterrasti rovinosamente vicino a me e mi buttai su di te per evitarti di scivolare lungo il ghiaione. Solo la gamba era rotta, o almeno era l'unica cosa evidente.

«In un misto di agitazione e bisogno di rimanere concentrato su di te, bloccai la tua gamba con il martello da roccia e alcuni cordini, per poi scendere di corsa al rifugio e farmi dare una barella, cercare altre persone che tornassero su con me. Ti riportammo giù, in attesa dell'elicottero, fino a vederti partire verso l'ospedale. E lì, a terra, nel guardare quella specie di libellula meccanica diventare sempre più piccola con lo sfondo di nuvole grigie, iniziai a riflettere, ad arrabbiarmi, ritenendo che sarebbe dovuto succedere a me. Ero io che su quel pilastro volevo aprire una nuova via, ero io

che avevo insistito perché tu fossi della cordata, ero io che avevo piantato quegli stupidi chiodi. Triste, angosciato, schiacciato dal senso di colpa.

«Dopo un anno, un tuo amico, quello che avevi soprannominato "la faina", mi chiese chi fosse l'imbecille che aveva piantato i chiodi quando eri caduto, non sapendo che l'altro della cordata ero io.

«Così, per giustificare il tuo allontanarti, a un certo punto ho pensato che fosse stato causato da quell'episodio».

Il tono della voce dei cacciatori, aiutati dall'ennesimo bicchiere di merlot, era al limite del sopportabile, mentre io ero rimasto in attesa di una sua risposta.

Non un sì e tantomeno un no, anche un vaffanculo sarebbe stato appagante.

Quando uno dei cacciatori pestò il pugno sul bancone del bar, arrivò la replica di Leo. Gli occhi, fissi su di me, ridevano.

Rischiare

Si interrompe il piacevole arrampicare verso destra.

Ingenuamente convinto che la montagna mi avesse offerto una facile via di fuga, vedo un lungo tetto che interrompe il verticale della parete. Si apre solo una sottile fessura orizzontale, utile per infilarci con fatica due dita. Il niente per le punte dei piedi.

Afferro saldamente gli ultimi, solidi e ampi appigli, sistemo meglio gli scarponi su due stretti appoggi e mi sporgo per guardare più in là, scrutare il dopo.

Non ricsco a vedere se mi è concesso proseguire. Una specie di sperone mi impedisce di capire cosa c'è più avanti.

Volgo lo sguardo all'indietro, ipotizzando un ritorno da dove sono arrivato per ritentare quel passaggio superato molti anni fa e che oggi ho avuto paura di affrontare. Lì, dove mani, braccia e soprattutto testa non mi hanno permesso di andare oltre.

Ripercorro con gli occhi il lungo tratto del traverso, fino al punto che ha segnato la rinuncia.

Potevo tentare?

Rischiare un po' di più?

Certo, ma anche no.

Potevo osare andando oltre il mio limite?

La parete precipita a valle, verticale. Quel «da dove» sono partito è infinitamente lontano e anche l'ultimo chiodo lo è.

Cerco di piantare un chiodo, ma non c'è crepa, fessura o buco che voglia accoglierlo.

La corda deve rimanere nello zaino, è inutile se non c'è qualcosa su cui fissarla.

Adesso c'è bisogno di coraggio, risorsa che usa la paura per aiutarci ad andare oltre. Reazione che ci aiuta a prendere decisioni difficili quando, obbligati, veniamo spinti fuori dall'intorpidimento di una passiva comodità o, nel mio caso, di una rilassata sicurezza.

Molto presto ho capito che le esperienze coraggiose non sono un pregio da ostentare, ma da donare, condividere, per fornire anche ad altri la possibilità di realizzare i propri sogni.

E come disse il mio amato Corto Maltese, figlio, ma anche padre di quell'Hugo Pratt con il quale ho condiviso più di un bicchiere di vino: «Cosa vuol dire essere coraggioso? Il coraggio non si programma. Ho conosciuto dei vigliacchi che la paura ha reso coraggiosi».

Non è coraggio quello che viene usato come un vestito per mascherare una stupidità che è ricerca del pericolo. La follia non è quella forza, sana e istintiva, che ci permette di affrontare, ovunque, situazioni critiche e non prevedibili.

Mi esce un nervoso: «Vai!».

Gli occhi vedono qualcosa, trovano, le dita si aggrappano quando le punte degli scarponi si sistemano su illusorie sporgenze.

Spostare il corpo da una parte all'altra con movimenti istintivi, caricando il peso sui piedi e aumentando l'aderenza su un quasi niente.

La fessura si restringe e le dita faticano a entrare. Le infilo, le incastro, le vorrei più sottili.

La mano destra avanza e poi la sinistra la scavalca infilando solo l'indice e il medio.

Se potessero penetrare la roccia!

Gli scarponi si limitano ad aderire sul

ruvido della verticale parete, e nel gioco degli equilibri mi sostengono, precari ma fermi.

Scorgo un appiglio più grande, e con troppa fretta allungo la mano destra. Il piede scivola, la mano sinistra si irrigidisce, e per la prima volta percepisco il peso dello zaino.

Le mie dita reagiscono, nervose, disperate si piegano dove cercano di trattenersi.

Un istante che va oltre la libertà.

Guardo in alto e poi in basso, in un dominante vuoto che si ferma agli abeti lì in fondo. Più lontane, automobili e motociclette continuano a correre.

I gracchi seguitano a galleggiare nell'aria. Loro possono.

Il fiore

Riesco ad afferrare un alto appiglio, utile per raggiungere un appoggio ampio che prima era nascosto alla mia vista.

Il cuore batte forte e veloce, ma è anche gioia per un ritrovato senso di sicurezza che per qualche istante mi ha abbandonato.

Qualche metro alla mia destra scorgo un profondo e facile camino che sale diritto verso la cima e rari ciuffi d'erba si muovono grazie a una piacevole brezza, aggrappati a questo immenso muro grigio illuminato dal sole. E lì, dove si mostra un largo e solido gradino, c'è un elegante fiore viola con il pistillo bianco. Nel vedere qualcosa di così bello e inaspettato, nasce in me un sorriso spontaneo.

Mi fermo a osservarlo, anche perché devo appoggiare il piede lì accanto, prestando attenzione a non sciuparlo.

Godendo del sole e del vento, del profumo della roccia bagnata, in una mia fantasia vedo Gianni, il mio amico, quello della scalata di tanti anni fa, quello portato via da una montagna pesante di neve. Non è un'apparizione, non è un fantasma, è il mio bisogno di ritrovarlo, lo voglio accanto a me, adesso. Sorridente e giovane, mi invita a raggiungerlo con un deciso gesto della mano, vestito come durante la nostra antica scalata. Braghe alla zuava blu, camicia e calzettoni rossi e scarponi di cuoio pesanti sbucciati sulle punte.

Perché

Mancano gli ultimi metri del camino, e quando vedo le ghiaie che portano alla cima, mi giungono i richiami e le risate di gente che sale lungo l'itinerario più facile, sentiero sinuoso, ripido e faticoso, dove le braccia non servono e le mani si tengono agli spallacci dello zaino.

Accompagnato da un'infantile contentezza, supero senza fatica gli ultimi metri e mi concedo frequenti soste per ammirare il panorama che è anche un ridicolo mascherare la stanchezza che comincio ad avvertire.

Le mani sono aggrappate, sicure. Le punte degli scarponi sono appoggiate sul poco e le suole continuano a guardare il vuoto.

La parete e il traverso sono sotto di me, la cima è lì più in alto, vicina.

Ormai certo di raggiungere la vetta, sento che è un momento perfetto, esclusivo, e mi godo tutto quello che oggi ho vissuto.

Una cima può non essere importante, ma la meta lo è sempre.

Oggi la meta è la cima.

Eccomi in piedi su un quasi orizzontale, dove c'è chi mi ha visto uscire da un verticale che non è per tutti.

Qualcuno mi saluta, un altro mima un plateale applauso a cui segue il mio pollice alzato, uno mi si avvicina, mi saluta con un sorriso che mostra ammirazione e poi, titubante, si sporge sul precipizio da dove mi ha visto sbucare. Mi chiede come ho fatto a salire su di lì.

Insiste con un «Perché?». Gli sorrido e mi limito a rispondergli dicendo che il panorama è stupendo. Il resto è tutto mio.

Vedo coppie che si aiutano, singoli chinati, silenziosi, concentrati nel loro spingersi in alto, intenti a osservare i sassi che scorrono sotto i loro occhi, passo dopo passo, con qualche rara sosta segnata da una mano pesantemente appoggiata al ginocchio piegato.

Nei piccoli gruppi è un continuo ridere e scherzare. I più giovani salgono veloci, mentre vistose pance avanzano caparbie e si aggrappano a una gioventù non dimenticata, chi con ilarità, altri con frustrazione. Di alcuni vedo la schiena curva, di altri intuisco il sorriso bagnato.

È vetta.

Tornare

Sono rimasto sulla cima aspettando che tutti se ne andassero. Volevo questo piccolo e alto spazio tutto per me, solo per pochi minuti, e nel piacere del silenzio ci sono rimasto più di un'ora. Luogo senza vita che può raccontare un'infinità di vite.

Lì in fondo ho visto l'oggi, il mio ieri e anche quello che non ho vissuto, più antico, solamente ascoltato. Le strade che ho percorso come vene e arterie di un corpo fatto di mille e mille esistenze, tante storie, alcune mie.

Poi un gracchio è atterrato vicino al mio zaino e si è messo a guardare dove guardavo io, dove la valle sembra finire, quando invece fa una grande curva nascosta dai boschi e ti porta lontano se cerchi il più in là. Finché quel giovane uccello nero ha sbattuto le ali. Si è allontanato, è sceso, ha planato, è salito più in alto. Ha volteggiato sopra di me ed è andato dove voleva andare.

Lo osservavo, libero e sovrano dell'aria e del vuoto. Così, nel racchiudere nella mano destra la mia lunga barba, su questa cima che oggi è stata punto di arrivo, ho pensato a tutto quello che ho vissuto e che mi è stato regalato vagabondando nel labirinto del mondo, salendo, scendendo e aggirando montagne, incontrando persone, trovando affetti, in un continuo bisogno di farmi contaminare dal virus della curiosità, cercando di guardare cosa c'è oltre ogni montagna. La nostra vita non può essere un apatico avanzare che segue una linea certa, dritta, infinita.

Se vaghiamo a testa bassa, a occhi chiusi e con le orecchie tappate, non vediamo i muri. L'andarci contro può far male e si trascina nel sempre.

L'esistenza degli altri non è mai ai lati della nostra strada, la attraversa, ne è parte.

È il mio capitale, che non è denaro o beni materiali, ma ricordi, alcuni pesanti e tristi, i più, quelli abitualmente presenti, sono piacevoli e luminosi. Persone, luoghi e cose che appaiono, come volessero uscire dall'oblio, libere di tornare a esistere, facendomi sentire strumento in grado di aprire le porte che li nascondono, ma anche li tutelano. Tracce della mia esistenza che potrei mettere per iscritto in un libro, e forse un giorno lo farò, ma in questo momento le sento aggrappate al cuore, in stanze delle mente che nel tempo si sono sempre più ampliate.

C'è chi sulle montagne trova Dio, è sempre stato così, per molti uomini le divinità dimorano sulla cima delle montagne. Io, in questo bellissimo niente, dove vedo sassi che posso spostare e lanciare, e rocce da calpestare, vivo emozioni ricordando i molti errori commessi, o momenti di gioia che si erano persi, nascosti nel sovrapporsi di un'infinità di minuti vissuti. Altre volte c'è il solo silenzio, e mi consente di considerare la realtà come qualcosa di concreto tra ansie, paure, avversioni, rabbie e attaccamenti. Così, per pochi istanti, mi sento come quel gracchio che vola libero.

Nel ritornare a valle, nel profumo rilasciato da macchie di pino mugo, il cielo è diventato rosa, per poi, avvolto dall'indaco, tingersi di arancione e mescolarsi con un cremisi gradualmente cancellato dal buio della notte.

Ora la montagna e la parete sono nuovamente sopra di me. Sono disteso su un prato da dove salgono abeti che si immergono nel buio, entrano nel cielo, verso luna e stelle che riempiono un infinito che va ben oltre ogni montagna, dove tutto è avvolto in una palpabile calma.

Mi godo una serenità raramente provata.

È giunto il momento di tornare a casa, da chi aspetta un ritorno senza mai avermi negato una partenza, da chi accetta un egoismo mascherato o giustificato da un retorico diritto alla libertà.

Futuro

Suonano le campane della chiesa. Il sole è alto e illumina la mia montagna che oggi mi godo dal mondo orizzontale.

Il prato è curato ed è piacevole correre sull'erba.

Forse c'è ancora amore per i propri luoghi, perché, come in quel tempo che a volte sembra dimenticato, tutto viene avvolto dal profumo di fieno che si sparge da un vecchio carro trascinato da un moderno trattore.

Vedo tanti bambini che ridono, chi gioca a pallone, chi si insegue sulla salita che porta al bosco, mentre due bambine raccolgono margherite appena sbocciate.

Mi siedo sulla vecchia panchina dove la ruggine e qualche rattoppo hanno cancellato il verde della prima dipintura.

Sorrido godendomi l'oggi di uno ieri speciale.

Un papà calcia il pallone giunto ai suoi piedi, una mamma richiama suo figlio già sporco di terra ed erba e da una villetta poco distante si sente salire la voce di Damiano dei Måneskin.

«Scusami ma ci credo tanto
che posso fare questo salto
e anche se la strada è in salita
per questo ora mi sto allenando.»

Due grandi montagne, una a est, una a ovest e poi una linea di pareti e altre cime che sale quasi continua verso nord.

Uno dei bambini che stava giocando a calcio mi si avvicina. Mi guarda e sorride.

«Io» mi dice puntando l'indice sul suo petto «io, quando diventerò grande, io salirò lì in cima.»

Arriva un altro bambino. Viso da furbetto e con il pallone stretto al fianco. Passa il braccio sopra la spalla dell'amico, lo stringe fino sotto al collo, e guardandomi fisso negli occhi aggiunge: «Anch'io un giorno salirò lì in alto».

Mi ricordano qualcuno.

Prendo il telefono. Cerco nella rubrica un nome e, quando lo trovo, con il pollice spingo sullo schermo.

Una voce dall'altra parte: «Ohi!».

«Ciao Leo!»

E così, per un momento, grazie a una nuvola che galleggia a metà parete e a un gioco d'ombre tra spigoli e canali, vedo la montagna che mi sorride.

(...)

La montagna non ride e non piange, e per questo subisce, ma questa è un'altra storia.

La conclusione di tutte le nostre ricerche
sarà di arrivare dove eravamo partiti
e di conoscere il posto per la prima volta.

Thomas Stearns Eliot

Postfazione

di Giuseppe Saglio

Per ritrovare la propria montagna non è sufficiente andare là. E poi, là dove? È necessario riaprire una strada, riprendere in mano un filo, seguire ancora delle tracce. Ecco allora nascere l'illusione del ritorno sui propri passi e della rilettura di quei segni forse non più riconoscibili.

Può avere ancora un significato parlare della montagna oggettivandola, tanto più nei termini di un'elezione o di una supposta appartenenza a sé o, ancora, assegnandole un posto nel proprio mondo?

La verifica del ritorno alla montagna comporta un confronto con la realtà: da lontano la si sogna nella parvenza di un abbraccio, da vicino è afferrabile nell'istante presente, non potendo immaginare il successivo, per lo più imprendibile e temporaneo, sempre nascosto allo sguardo. Come gli appigli che si possono vedere solamente con le mani e con i piedi o intuire con il cuore.

La montagna che «non ride e non piange» è in realtà composta da un reticolo di collegamenti e di rimandi che devono essere accolti e, quindi, vissuti. La relazione con l'amico Leo comprende invece l'espressione e la transizione dei sentimenti, la possibilità di un rispecchiamento, un bisogno di riconoscimento complementare nel controcanto.

Tornare alla montagna è tornare a sé stessi per ritrovarsi cambiati e scoprire che tutto è in trasformazione continua. Con la montagna si parla, all'apparenza anche senza ottenere risposte. Ci si arrabbia, la si insulta e si riceve in cambio «una scarica di sassi». Si rivedono parti di sé lasciate sulla roccia: sembrano le stesse di allora, eppure sono diventate illeggibili. Gli appigli si sono allontanati, si sono ulteriormente smussati, si sono persi. Come sembra essersi perso anche l'autore che, d'altra parte, conosce bene l'inevitabile sospensione spazio-temporale di quella ricerca.

In montagna si va da soli per cercare gli amici che non possono essere lì. E si rimane lontani, incompleti, nella continua ricerca dell'«appiglio che segue». Nello stesso modo gli amici ormai perduti sono quelle parti di sé rimaste in alto, forse irrimediabilmente abbandonate, lasciate come «rocce, sassi e terra... rovinare a valle».

Ci si confronta allora con la finzione del senza limite, per poter vivere nel continuo e vano tentativo di quel superamento. L'andare oltre mantiene acceso il desiderio e, con la consapevolezza di oggi, è riconoscibile in quell'«erba esageratamente alta» che nasconde alla vista il passato e presenta la montagna per come appare, non più per poterla guardare ma per esserne guardati.

Salirla non più per raggiungere la vetta ma per diventare quella stessa montagna.

E sentirla non solo come pietra, perché adesso appare più simile a un universo fatto anche di vegetali e di animali visibili e invisibili, di terra e di cielo, un insieme composto da continui richiami la cui mescolanza è sempre più vivificante. Una corrispondenza di prati, bosco, rododendri, cacciatori, camosci, una piccolissima rana da proteggere, l'invidia per i gracchi che sanno galleggiare nell'aria, il senso di colpa per i padri, le madri e i figli che aspettano a casa, la nostalgia per chi non c'è, le ossessive visite dei fantasmi, la neve come mantello sulle spalle di Luigi, le acque e le pietre che rotolano, il fiore viola che chiede attenzione e cura, il giovane che non teme il pericolo ma vorrebbe essere accompagnato ad attraversare «le grandi difficoltà», le nuvole che si rincorrono, si compongono e si disfano come i nodi e le cordate.

Alla fine, resta la cima da raggiungere, questa volta però non più per trovarsi «al punto di arrivo, ma a quello di mezzo, dove l'altra metà è sempre la discesa».

Giuseppe Saglio (Vercelli, 1953), psichiatra, analista, è autore di In su e in sé. Alpinismo e psicologia *(Priuli & Verlucca, 2007, edizione ampliata 2019), oltre che di numerose pubblicazioni scientifiche. Appassionato di arte e delle componenti psico-antropologiche della cultura alpina, ha approfondito i rapporti tra arte e terapia nelle applicazioni in ambito psichiatrico e tra psicologia e alpinismo in considerazione delle dinamiche tra uomo, ambiente naturale e dimensioni dell'alto.*

Glossario

Termini tecnico-alpinistici

ANCORAGGIO *Punto nel quale viene fissata la corda alla roccia o al ghiaccio. Gli ancoraggi sono utilizzati per assicurare gli alpinisti alla sosta, per fissare la corda per le calate e per ridurre l'altezza della caduta del capocordata.*

APPIGLIO *Sporgenza o incavo della parete che l'alpinista usa per la progressione. Asperità che permette l'uso degli arti superiori per trazione o spinta.*

APPOGGIO *Sporgenza o incavo della parete che l'alpinista utilizza per la progressione. Asperità che permette l'uso degli arti inferiori appoggiandoci sopra il piede o una parte di esso (la punta o la parte esterna).*

APRIRE UNA VIA *Quando in alpinismo viene salito un nuovo itinerario su una parete.*

CAMINO *Facile l'associazione con i camini delle case, solo che quasi sempre, in montagna, il quarto lato non è presente.*

CENGIA *Cornice pianeggiante che interrompe la parete.*

CHIODO DA ROCCIA *Ancoraggio artificiale utilizzato dagli alpinisti allo scopo di proteggersi, per fermare un'eventuale caduta o per autoassicurarsi nelle soste.*

CORDA DOPPIA *Tecnica che permette di calarsi lungo pareti verticali.*

CORDATA *Due o più alpinisti che compiono una scalata legati alla medesima corda.*

DIEDRO *Incontro tra due piani diversi di roccia che formano un angolo di ampiezza variabile, come un libro semiaperto.*

FESSURA *Fenditura nella roccia con andamento diverso e variabile (orizzontale, obliqua, verticale). Viene chiamata così quando non è sufficientemente ampia per inserire completamente il corpo.*

IMBRAGATURA *Indumento costituito da larghe cinture di stoffa collegate tra loro che cingono i fianchi e le cosce. Permette l'assicurazione a una corda.*

NUT *Blocchetti di metallo di varie forme e dimensioni, utilizzati come mezzi di assicurazione e/o progressione durante l'ascensione di una parete di roccia. Sono muniti di cavetto metallico o di un anello di cordino. A differenza dei chiodi, non richiedono l'uso del martello.*

SOSTA *In alpinismo, è un insieme di punti di ancoraggio tra loro collegati, utilizzati per l'assicurazione della cordata durante la sua progressione su una parete. È il vincolo che lega la cordata alla parete.*

SPIGOLO *Conformazione della montagna che, nell'incontrarsi di due pareti contigue, forma una linea di intersezione.*

STRAPIOMBO *Tratto di parete con un'inclinazione oltre la verticale (superiore ai novanta gradi con la base della parete).*

TETTO *Tratto di parete in cui la verticalità è interrotta da un vero e proprio scalino rovesciato.*

Traverso *Arrampicata esposta orizzontale da destra verso sinistra o viceversa.*

Personaggi

Balbo Italo *(Quartesana, 1896 - Tobruch, 1940). Politico e militare italiano.*

Bonatti Walter *(Bergamo, 1930 - Roma, 2011). Alpinista, esploratore, giornalista, scrittore e fotoreporter italiano, è stato, ed è, una delle figure più importanti dell'alpinismo mondiale, oltre che autore di libri e di numerosi reportage nelle regioni più impervie del mondo.*

Borges Jorge Luis *(Buenos Aires, 1899 - Ginevra, 1986). Scrittore, poeta, saggista, traduttore, filosofo e accademico argentino, è ritenuto uno dei più importanti e influenti scrittori del XX secolo.*

Comici Emilio *(Trieste, 1901 - Selva di Val Gardena, 1940). Alpinista italiano che negli anni Trenta fu tra i primi sestogradisti (VI grado, per l'epoca la massima difficoltà riconosciuta).*

CONSOLI MASSIMO *(Roma, 1945-2007). Scrittore, giornalista, traduttore, saggista e attivista LGBT italiano, tra i padri fondatori del movimento di liberazione omosessuale in Italia.*

CORTO MALTESE *Personaggio immaginario dei fumetti creato da Hugo Pratt nel 1967 e protagonista dell'omonima serie a fumetti.*

DAUMAL RENÉ *(Boulzicourt, 1908 - Parigi, 1944). Poeta, scrittore e filosofo francese. Studioso del sanscrito e della filosofia indù, nel 1939 iniziò la stesura della sua opera più importante,* Il Monte Analogo, *che non riuscì a terminare per un'affezione polmonare che lo portò alla morte nel 1944.*

DE ANDRÉ FABRIZIO *(Genova, 1940 - Milano, 1999). Cantautore e musicista italiano. La frase citata nel libro è presente nella canzone* Giugno '73 *che si trova nell'album* Volume VIII, *uscito nel 1975.*

DE GREGORI FRANCESCO *(Roma, 1951). Cantautore e musicista italiano.*

DESMAISON RENÉ *(Bourdeilles, 1930 - Marsiglia, 2007). Alpinista e scrittore francese, protagonista dell'alpinismo mondiale tra gli anni Cinquanta e Settanta.*

DIBONA ANGELO *(Cortina d'Ampezzo, 1879-1956). Alpinista italiano, considerato uno fra i migliori arrampicatori del XX secolo.*

DON CHISCIOTTE Don Chisciotte della Mancia *è un romanzo spagnolo di Miguel de Cervantes pubblicato nel 1605 (il primo volume) e nel 1615 (il secondo volume). Capolavoro della letteratura mondiale, è considerato il primo romanzo moderno. I due protagonisti, Alonso Chisciano (don Chisciotte) e Sancho Panza, sono tra i più celebrati personaggi della letteratura di tutti i tempi.*

GUCCINI FRANCESCO *(Modena, 1940). Cantautore, scrittore e attore italiano. La frase citata nel libro è tratta dalla canzone* L'avvelenata.

HEYERDAHL THOR *(Larvik, 1914 - Andora, 2002). Antropologo, esploratore, regista e scrittore norvegese noto per la sua spedizione Kon-Tiki nel 1947, in cui ha navigato per ottomila chilometri (cinquemila miglia) attraverso l'Oceano Pacifico su una zattera costruita a mano dal Sud America, arrivando fino alle Isole Tuamotu.*

HOOVER MIKE *(Pasadena, 1944). Alpinista e*

direttore della fotografia americano noto per il cortometraggio Solo *candidato all'Oscar.*

HUGO PRATT *Nome d'arte di Ugo Eugenio Prat (Rimini, 1927 - Losanna, 1995). Fumettista, disegnatore e scrittore italiano, ha raggiunto la notorietà internazionale con il personaggio di Corto Maltese.*

HUMBOLDT ALEXANDER *Friedrich Heinrich Alexander Freiherr von Humboldt (Berlino, 1769-1859). Naturalista, esploratore, geografo e botanico tedesco, ai suoi tempi era considerato la persona più famosa al mondo, al pari di Napoleone Bonaparte.*

JERRY LEWIS *Pseudonimo di Joseph Levitch (Newark, 1926 - Las Vegas, 2017). Comico, attore, regista, cantante e conduttore televisivo statunitense.*

JETHRO TULL *Gruppo musicale britannico di rock progressivo fondato nel 1967.*

JONATHAN LIVINGSTON *Romanzo di Richard Bach, best seller in molti Paesi del mondo.*

LADY GAGA *(New York, 1986). Cantautrice, attrice e attivista statunitense.*

LEAVITT DAVID *(Pittsburgh, 1961). Scrittore statunitense.*

Led Zeppelin *Gruppo musicale britannico dal 1968 al 1980, è considerato tra i grandi innovatori del rock e tra i principali pionieri dell'hard rock.*

London Jack *(San Francisco, 1876 - Glen Ellen, 1916). Scrittore, giornalista e drammaturgo statunitense.*

Maestri Cesare *(Trento, 1929 - Tione di Trento, 2021). Alpinista e scrittore italiano, soprannominato «Il Ragno delle Dolomiti», fu il primo ad affrontare in discesa e in solitaria importanti vie dolomitiche di VI grado.*

Måneskin *Gruppo musicale rock italiano fondato nel 2016.*

Marchi «Rolly» Rolando *(Lavis, 1921 - Milano, 2013). Giornalista e scrittore italiano, autore de* Le mani dure *(1974), racconto autobiografico e alpinistico ambientato nel secondo dopoguerra.*

Melville Herman *(New York, 1819-1891). Scrittore, poeta e critico letterario statunitense, autore, nel 1851, del romanzo* Moby Dick, *considerato uno dei capolavori della letteratura americana.*

MERINI ALDA *(Milano, 1931-2009). Poetessa, aforista e scrittrice italiana.*

MESSNER REINHOLD *(Bressanone, 1944). Alpinista, esploratore, scrittore e politico italiano. È il primo alpinista al mondo ad aver scalato tutte le quattordici cime del pianeta che superano gli Ottomila metri.*

PAOLI GINO *(Monfalcone, 1934). Cantautore e musicista italiano.*

PINK FLOYD *Gruppo rock britannico fondato nel 1965, pioniere della musica psichedelica e dello space rock.*

QUILICI FOLCO *(Ferrara, 1930 - Orvieto, 2018). Regista, fotografo, scrittore e apprezzato documentarista italiano, attivo nella divulgazione naturalistica.*

RÉBUFFAT GASTON *(Marsiglia, 1921 - Bobigny, 1985). Alpinista, guida alpina e scrittore francese, è stato il primo alpinista a salire tutte le sei classiche pareti Nord delle Alpi tra il 1945 e il 1952.*

SANCHO PANZA *Personaggio del romanzo* Don Chisciotte della Mancia *(vedi Don Chisciotte), scritto da Miguel de Cervantes, compagno di avventure di Alonso Chisciano.*

SELLECK TOM *(Detroit, 1945). Attore, produttore televisivo, sceneggiatore ed ex modello statunitense.*

STEARNS ELIOT THOMAS *(Saint Louis, 1888 - Londra, 1965). Poeta, saggista, critico letterario e drammaturgo statunitense naturalizzato britannico, premiato nel 1948 con il Nobel per la letteratura.*

TARTARIN DI TARASCONA *È un romanzo scritto dall'autore francese Alphonse Daudet nel 1872.*

TERRAY LIONEL *(Grenoble, 1921 - Arêtes du Gerbier, 1965). Alpinista francese, autore de* I conquistatori dell'inutile, *edito da Gallimard nel 1961.*

THOENI GUSTAVO *(Trafoi, 1951). Sciatore alpino italiano, è considerato uno dei più grandi campioni di tutti i tempi dello sci alpino grazie alle quattro vittorie nella Coppa del Mondo generale (nel 1971, 1972, 1973 e 1975).*

TILMAN BILL *Harold William «Bill» Tilman (Wallasey, 1898 - disperso nell'Oceano Atlantico, 1977). Alpinista ed esploratore britannico.*

YOURCENAR MARGUERITE *Pseudonimo di*

Marguerite Antoinette Jeanne Marie Ghislaine Cleenewerck de Crayencour (Bruxelles, 1903 - Mount Desert, 1987), è stata una scrittrice e poetessa francese, e la prima donna eletta alla Académie française.

Cose, termini e citazioni (alcuni dimenticati)

ALEA IACTA EST *Frase latina attribuita a Giulio Cesare che si traduce di solito con «Il dado è tratto», ma sarebbe più corretto: «Il dado è stato lanciato». Cesare, dopo avere varcato il Rubicone nel 49 a.C., l'avrebbe pronunciata in riferimento al fatto che ormai aveva compiuto un gesto tale da non poter più tornare indietro.*

ALPINO *Soldato delle truppe da montagna altamente specializzate dell'Esercito Italiano.*

BRAGHE ALLA ZUAVA *Pantaloni ampi, arricciati e rimboccati sotto le ginocchia, in uso nell'attività alpinistica fino agli anni Settanta-Ottanta del XX secolo.*

BRILLANTINA *Prodotto per il fissaggio della capigliatura a base di cera, oli minerali e acqua.*

CAMALLO *Termine genovese di origine araba. È lo scaricatore o facchino operante sulle navi nel porto di Genova.*

CAMICIA CARLO MAURI *Carlo Mauri (Lecco, 1930-1982) alpinista ed esploratore italiano. Negli anni Settanta firmò una camicia da montagna che divenne stile per riconoscersi tra gli appassionati di montagna.*

DIRNDL *Abito tradizionale diffuso nella parte meridionale della Germania, in Austria, nella Svizzera di lingua tedesca e nelle regioni alpine italiane del Trentino-Alto Adige, del Veneto e del Friuli.*

FIAT 131 *Autovettura prodotta tra il 1974 e il 1985.*

FLEOLO *Il* Phleum pratense *è una pianta della famiglia delle Poaceae usato nell'alimentazione del bestiame.*

GAGLIOFFO *Furfante, briccone.*

KON-TIKI *Zattera usata dall'esploratore norvegese Thor Heyerdahl nella sua spedizione nel 1947 attraverso l'Oceano Pacifico dal Sud America alle isole della Polinesia.*

«IL MANIFESTO» *Quotidiano italiano d'indirizzo comunista.*

LAPALISSIANO *Ovvio, scontato, chiaro, evidente. Dal nome del militare francese Jacques de Chabannes de La Palice (1470-1525), con allusione ai versi di un'ingenua strofetta cantata dai soldati dopo la sua morte.*

LOIESSA *Il* Lolium multiflorum Lam. *è una pianta della famiglia delle Gramineae di tipo prativo.*

M4 *Fucile d'assalto prodotto negli Stati Uniti a partire dal 1994.*

MERCEDES BARRAOTTO *Autovettura prodotta dalla Mercedes-Benz tra il 1968 e il 1976. Venne soprannominata «/8» («Strichacht», in italiano «barraotto») per ricordare l'ultima cifra dell'anno di nascita.*

PANSOTI *Pasta ripiena tipica della cucina ligure, simile ai ravioli*

PREBUGGIÙN *Anche preboggión. È una miscela di erbe spontanee tipiche della cucina ligure. Consiste in un insieme di erbe selvatiche cucinate mediante una breve bollitura.*

RA *Imbarcazione di papiro usata dall'esploratore e scrittore norvegese Thor Heyerdahl nella sua spedizione del 1969. Partita dall'antico porto fenicio di Safi in Marocco con un equipaggio di sette uomini (tra i quali l'italiano Carlo Mauri), navigò per due mesi verso ovest, finché non si sfasciò, affondando prima di arrivare alle Barbados.*

SHERPA *Il termine sherpa presenta due significati: il primo è associato al gruppo etnico che vive nelle valli della catena himalayana del Nepal, il secondo identifica, in modo fondamentalmente inesatto, il concetto di portatore che si carica esagerati pesi sulla schiena. Nelle più grandi imprese, sono stati al fianco degli alpinisti occidentali, spesso protagonisti invisibili e sicuramente sempre due passi indietro sul palco della notorietà.*

SOCCORSO ALPINO *Il Corpo Nazionale Soccorso Alpino e Speleologico (CNSAS) è un servizio di pubblica utilità le cui finalità sono il soccorso degli infortunati, dei soggetti in imminente pericolo di vita, alla ricerca e al soccorso dei dispersi e al recupero dei caduti nel territorio montano.*

TABIÀ *Termine dialettale dell'area dolomitica che si riferisce a una costruzione in legno e pietra usata per conservare il fieno e riparare il bestiame, in particolare durante i mesi invernali.*

TARASSACO *Il* Taraxacum officinale *è una pianta a fiore appartenente alla famiglia delle Asteracee. L'epiteto specifico, officinale, ne indica le virtù medicamentose, note fin dall'antichità e sfruttate con l'utilizzo delle sue radici e foglie.*

TRIAL *Motocicletta particolarmente leggera, è sprovvista di una sella comoda perché mai usata dal pilota, che guida in piedi sulle pedane.*

TRIFOGLIO BIANCO *Il* Trifolium repens, *detto anche trifoglio rampicante* o *trifoglio ladino, è una pianta erbacea appartenente alla famiglia delle Fabacee.*

VALANGA AZZURRA *Espressione di origine giornalistica usata per la prima volta nel* 1974 *dalla «Gazzetta dello Sport», quando, nella gara di slalom gigante di Coppa del Mondo a Berchtesgaden, la squadra italiana ottenne un risultato mai conseguito prima di allora da nessuna nazionale, aggiudicandosi le prime cinque posizioni della classifica finale (Piero Gros, Gustavo Thoeni, Erwin*

Stricker, Helmuth Schmalzl e Tino Pietrogiovanna).

VITINO DA VESPA *Indica il diametro molto contenuto nella vita di una donna. Quest'espressione è stata di moda per vari periodi nel XIX e XX secolo.*

Luoghi

BUGABOO SPIRE *È una cima nella catena montuosa Bugaboo in Canada.*

MAKALU *È la quinta montagna più alta della Terra con i suoi 8463 metri. Appartiene alla catena dell'Himalaya ed è localizzato sul confine tra Nepal e Tibet.*

NEPAL *Stato dell'Asia meridionale confinante a nord con la Cina (Tibet) e a sud con l'India.*

PALE DI SAN MARTINO *È il gruppo più esteso delle Dolomiti tra Trentino e Veneto.*

TIBET *Regione storico-geografica dell'Asia orientale, localizzata sull'omonimo altopiano, attualmente annessa dalla Cina, sebbene rivendichi una sua autonomia e indipendenza politica. A causa dell'altitudine media di*

4900 metri s.l.m., è conosciuta anche come «tetto del mondo».

TOFANE *Massiccio montuoso della catena delle Dolomiti orientali (Dolomiti Ampezzane), a ovest di Cortina d'Ampezzo, la cui vetta più alta si erge fino a 3244 metri.*

VAL BADIA *Valle dell'Alto Adige che include alcuni tra i più celebri massicci dolomitici.*

Ringraziamenti

Alessandro Gogna e Giuseppe Saglio per aver impreziosito questo libro.

Ringrazio e ricordo (per quelli che non ci sono più) gli amici, gli affetti e alcune persone che ho semplicemente frequentato e conosciuto, ma che, tutte, sono state stimolo per questo scritto o involontari ispiratori, singolarmente per differenti motivi.

Ada Lotto, Ada Tondolo, Adriano Favaro, Agostino «Gustin» Gazzera, Alberto Bona-

fede, Alberto e Aurora Alberti, Alberto Campanile, Aldo Cabrini, Alessandro «Masu Norbu» Masucci, Alex Txikon, Allen Steck, Andrea «Gerottin» Gerotto, Andrea Gracis, Andrea Pontello, Andrea Rioda, Ang Dorjee Sherpa, Ang Jangbu Sherpa, Antonio «Toni» Canton, Armando Corvini, Beniamino «Mescolin» Franceschi, Bruno Evangelisti (che da giovane aveva salito l'Adamello), Bruno Palma, Bruno Tubaro, Carlo Frizzotti, Carlo Piovan, Chris McNamara, Christian Kuntner, Claudio Bastrentaz, Claudio «Caio» Getto, Cristiano Zanotto, Dino «Fagio» Toso, Donatella Barbero, Elena Giora, Eliana De Zordo, Elvio Terrin, Emmanuele Iorio, Fausto De Stefani, Ferruccio Svaluto Moreolo, Francesco Busolin, Franco Perlotto, Franco Soave, Giancarlo Molinari, Giancarlo Serafin, Gianluigi «Gigi» Casini, Gianluigi «Gigio» Visentin (silenzioso maestro), Gianni Franzoi, Gianni Gellera (portato via da una montagna pesante di neve), Gino Nardini, Giorgio Manica, Giorgio «Pepo» Sent, Giorgio Visconti, Giovanni Balestra, Giuseppe Mendicino, Guido De Dea, Joao Garcia, Josef Rainer, Konrad Renzler, Krzysztof Wielicki, Leopold «Polda» Sulovský, Lidia Bacigalupo, Lorenzo Molin, Lorenzo Molinari, Luca Chiaro, Luciano Saccarola, Manuela Sparapani Nones, Marco Bianchi, Marco Desilvestro, Mario Zolli, Marisa, Gigi e Carlo Dani, Massimo Bertoldero, Massimo Costeniero, Matteo Bertolotti, Michele «Manfa» Manfagiolo, Modestino Melillo, Monica Penzo, Paolo «Cippo» Cipriani, Paolo Maccanti, Paolo Sferco, Paolo Venturi, Pasang Tamang, Piero Pontello, Pierre Abi Aoun, Pietro Caporello, Piotr Pustelnik, Plinio «Orso» Toso, Randy Spurrier, R.D. Caughron (Chin up!), Reinhard Patscheider, Reinhold Messner, Riccarda de Eccher, Richard «Curl» Torlowsky, Rick Millikan, Rinjee Sherpa,

Roberta Volpi, Roberto Carnevali, Roberto «Jacopus» Iacopelli, Roberto «Roby» Platter, Roberto Tremonti, Rolly Marchi (quello delle mani dure e con il cappello da cowboy), Sandro Palma, Sebastiano Valentini, Sergio Martini, Simone Moro, Stefano Carretti, Stefano Giordano, Stefano Polato, Tamara Lunger, Tom Ballard, Tommaso Anfodillo, Toni Zuech e Zbigniew Terlikowski.

Mia moglie Caroline con la quale condivido tutto, anche la continua ricerca di montagne come luoghi da vivere, e le mie figlie Ester e Agnese che ancora mi chiedono di salire insieme sulle Dolomiti e lungo le valli e sulle montagne della catena himalayana.

E con profondo affetto e sincera stima Giovanna Canton, il mio editor, per il sostegno e la fiducia.

Fabiola Beretta, per aver apportato le giuste correzioni al manoscritto; è stato un rinnovato, gratificante e divertente lavorare insieme.

Francesco Chiamulera, Alessandro Filippini e Luca Calvi, perché sono sempre presenti e al mio fianco in ogni mio progetto narrativo.

Non ultimi, tutti gli amici che ho coinvolto e che mi hanno aiutato con i loro commenti.

Questo libro è stampato fabbricato da Grafica Veneta S.p.A.
con un processo di stampa e rilegatura certificato 100% carbon neutral
in accordo con PAS 2060 BSI

Finito di stampare nel mese di novembre 2023
per conto di RCS MediaGroup S.p.A.
da Grafica Veneta S.p.A., via Malcanton 2, Trebaseleghe (PD)
Printed in Italy